偽恋愛小説家

森　晶麿

JN211460

朝日文庫

本書は二〇一四年六月、小社より刊行されたものです。

CONTENTS

◈・・・◈・・・◈◈　主な登場人物　◈◈・・・◈・・・◈

夢宮《ゆめみや》宇多《うた》……小説『彼女』で〈晴雲ラブンガク大賞〉を受賞し文壇デビューした恋愛小説家。歯に衣着せぬ毒舌でトラブルを呼び込むこともしばしば。

井上《いのうえ》月子《つきこ》……夢宮を担当している晴雲出版の駆け出し編集者。夢宮には始終ふりまわされているものの、『彼女』を読んでその才能に惚れ込んでいる。

埴井《はにい》涙子《るいこ》……夢宮の高校生時代の同級生。『彼女』に登場するヒロインと同じ名前を持つ。

埴井《はにい》　潔《きよし》……涙子の夫。自宅で青酸カリを飲み死亡している。

◈・・・◈・・・◈・・・◈◈◈◈・・・◈・・・◈・・・◈

本文イラスト・平沢下戸

偽恋愛小説家

プロローグ

「井上《いのうえ》、お前、いったいいつ頃から気づいていたんだ？」

小池《こいけ》編集長は、あご鬚《ひげ》をさすって煙草をくゆらせながらそう尋ねた。わたしはいつも編集長の指示を聞くときにそうするように、その煙の行方を目で追っていた。

また電話が鳴りはじめた。朝から編集部の電話はほぼずっと鳴りっぱなしだ。すべて要件は同じ。恋愛小説家、夢宮宇多《ゆめみやうた》に関する問い合わせばかり。マスコミも読者もみな今朝発売の『週刊日出《しゅうかんひので》』に掲載された「夢宮宇多は偽恋愛小説家？」という記事の真相が知りたいのだ。

編集部に人気《ひとけ》はなく、十月の終わりの乾いた空気が息を潜めて横たわっていた。雑誌編集者たちの面々は明け方に入稿作業を終え、徹夜明け恒例の早めのランチに出かけており、書籍編集者も各自打合せに出かけていて不在だ。

「いつ頃――なんでしょうね……ハハ」

茫然自失のまま、口元にだけ笑みを浮かべる。

本当に、いつ頃からなんだろう？

考えると、脳の芯の辺りがぼんやりしてくる。夢宮宇多のシニカルな表情が浮かぶ。

「『ハハ』じゃないよ」と小池編集長は深い溜息をついた。「わざと隠していた場合、俺たちも問題になるんだぞ。わかってるのか？」

「……わかっています。責任をとります」

「要らないよ、小娘の責任なんて」

小池編集長は灰皿を持って立ち上がり、わたしに背を向けて窓の外を眺めた。晴雲出版《せいうんしゅっぱん》社《しゃ》ビルの十階から見えるのは、灰色の空と、その下にぽつぽつと頭を突き出すビルの群れだ。

「恋愛作家、夢宮宇多は今日で終わりだな」

小池編集長は煙草の火を灰皿で消しながら、そう呟いた。

その言葉のもつ重みが、徐々にわたしを圧迫しはじめた。言葉は空気の密度さえも増減させる力をもっている。押しつぶされそうになる自分を解放するように、わたしはゆっくりと息を吐き出した。

「過ちを素直に認められるのも、大人だよ」編集長はデスクに向き直り、腰を下ろす。

「もう少し時間をください」わたしは編集長に頭を下げた。

無理なのはわかっていた。これ以上マスコミに勝手な噂を流されないうちに、自分たちの口からはっきりと真実を公表しなければ、出版社の信用に関わる。けれど、わたしはそう直訴せずにはいられなかった。

「何だ、お前……夢宮に恋でもしてたのか?」

「そんなんじゃありません」恋なんかでは——ないはずだ。「担当として、もう少し彼を信じてみたいんです」

「ふうん」疑るような表情で小池編集長はわたしを見やる。「さっきまた『週刊日出』の記者から電話あったよ。涙子《るいこ》夫人が東京《とうきょう》の家を売り払って引っ越したのは、うちが夢宮宇多の正体をバラされないように裏で動いたんじゃないかって」

「それは……違います」

「でも、身に覚えがないってわけでもなさそうだな？」

「……」

埴井《はにい》涙子。夢宮宇多のデビュー作『彼女《かのじょ》』のヒロインと同じ名前をもつ女。そして今世間では、昨年亡くなったその幼馴染の夫、埴井潔《きよし》こそが『彼女』の書き手であるという可能性が取り沙汰され、これまで「夢宮宇多」を名乗っていた男は何者なのかという話題で持ち切りになっていた。

「記者が言っていたのは、それだけじゃない」編集長はいっそう声を落とした。「『彼女』を書いたのが埴井潔だった場合、夢宮はニセモノってだけでは済まされない、と言うんだな」

それが何を意味しているのか、わたしにはよくわかっていた。『彼女』のエンディングで、ヒロイン〈涙子〉の夫〈潔〉は、高校時代の同級生で作家志望の〈本木晃《もときあきら》〉に殺されるのを予感していた。そしてそのとおり、彼は最終章で本当に〈本木〉に毒殺される。〈涙子〉がずっと遠ざけようとしていた運命。〈本木〉は自分を抑えきれずに〈涙子〉に接近し、彼女の内面に気づいてしまうのだ。彼女が長年抱いてきた恋心に。そして〈潔〉が死んだ数日後、二人はかつて結ばれるはずだった教会で再会する。そこで〈本木〉が殺人の告白をした直後の場面は頭に焼きついている。

遅かった。わたしは今になって、自分の過ちに気づいた。もう巻き戻しは利かない。

昨晩の会話のなかに潜んでいた、今日の悪夢の萌芽を見逃してしまったのだから。

――誰かの妻だから僕と付き合えないと言うなら、君を檻から解放すればいい。そうだろ？

――やめて……そんな恐ろしいこと言わないで！

自分の叫び声が鼓膜を震わせた。

――冗談だよ。

本木君は氷結しかけた空気を溶かすように笑った。けれど、目が笑っていないことに、そのとき気づいていたはずだったのだ。

「すまない、止められなくて」

彼はそう言って俯いた。

その言葉は、わたし自身にも跳ね返ってきた。

なぜ――なぜもっと必死で止めなかったのだろう？

小池編集長は、鳩に餌でも投げるようにして、わたしにA4サイズの紙を一枚寄越した。

「第一回晴雲ラブンガク大賞」の応募シート。

そんなものをわざわざ見せられなくても、彼の言いたいことはわかっていた。そこにある「本木晃」の三文字が見えないわけではない。それが夢宮宇多の応募シートに記された本名なのだ。

記者は物語が現実をなぞっている可能性を疑っているのだろう。小説の〈本木〉が現実にいて、『彼女』を埴井氏から奪って応募したのではないか、と。

「何度も打合せだってしてるのに、ニセモノを見抜けなかったなんてね。大した才能だな、まったく」

ぼやきたくなる気持ちはわからないではない。まだ確たる証拠がないため「事態を把握しておりません」と返しているが、事実となれば本の回収は必至。訴訟の準備や各方面への謝罪等の雑事に煩わされることになる。

実のところ、わたしはこんな事態が訪れるかもしれない、と三日前から密かに覚悟してはいた。

発端は、日出出版の鈴村《すずむら》女史から三日前にかかってきた電話だった。鈴村春香《はるか》。その日の確かさで多くの恋愛小説家を発掘してきた、業界で知らない者はいない敏腕編集者だ。

――私は埴井潔による『彼女』のショートバージョンの原稿をはじめ、いくつかの恋愛小説の短編原稿を所持しています。それだけではありません。そのほかの原稿にも、文体の類似があり、何よりそれらの原稿の到着は御社の〈ラブンガク大賞〉応募締め切り日より前なのです。何なら、データの受信履歴をお見せすることもできますよ。

彼女は電話口で一気にそうまくしたてた。

そんなはずありません、とすぐさま切り返せなかったのは埴井潔が実在した人物であることを知っていたからだ。

――夢宮宇多というのはペンネームなんですよね？　本名はご存知なんですか？

――本木晃です。

送られてきた原稿のプロフィール欄にあった夢センセの本名。その名を告げることが、ニセモノ疑惑に拍車をかけるかもしれないことは想像がついた。そして、ほぼ想像どおり相手はヒートアップした。

――なるほど。かたや恋愛小説を書いていた作家志望の埴井潔なる人物と、自分が埴井潔を殺す話を書いた人物。埴井潔は実在し、現実に死んでいます。もし本木さんご本人が書いたのだとしたら、悪ふざけが過ぎますし、モラルの低さを疑いたくなるところですよね？

――ええ、それは、まあ、わかりますが……。

――しかし、『彼女』のような流麗な文体を駆使した小説を、モラルの低い人間が書けるとも思えません。となれば、結論は一つ。あの小説は本木晃が書いたものではなく、埴井潔の書いたものなのです。そして本木晃は埴井さんの才能に嫉妬して、小説どおり彼を殺害した。

――殺害！　それはまた大袈裟な！

ニセモノ疑惑のみならず殺害疑惑まで被せようとしてくるとは。想定を遙かに上回る緊急事態にわたしは戸惑いを隠せなかった。

——潔さんはそれを予感していたからあんな小説を書いたんでしょう。自宅で青酸カリを飲んで自殺したと警察は判断したようですが、奥さんは自殺の原因として思い当たる節がないと言っています。

——でも、夢宮先生が殺したという証拠は何もありませんよね？

やっとの思いでそう言い返したが、鈴村女史にとってはその攻撃は大した痛手ではなさそうだった。

——ええ、今のところは。しかし、この事実をマスコミに知らせたら、記事くらいにはなるでしょう。最低でも一媒体だけは確実に記事にします。弊社の『週刊日出』だけは。私の望みは天才・埴井潔が正しく世に評価されることです。ニセモノには退場いただかなくては。もしもニセモノでないと仰《おつしや》るなら、夢宮宇多が本物の恋愛作家であると証明してください。良い返事をお待ちしていますよ。

電話の内容を思い返すだけでも、いやな汗が出てくる。そして、もちろん現在の悪夢はそのときの電話から始まっている。

何か言い訳をせねばと口を開きかけたとたん、再び電話が鳴った。

小池編集長が溜息混じりに電話に出る。はいはい、と話を聞いてから、小池編集長はちらと顔を上げ、わたしを見やると、「今替わります」と保留ボタンを押した。

「日出出版の鈴村女史からだ」

審判のときは来た。

夢宮宇多はニセモノか本物か。わたし自身、彼をまったく疑っていなかったかと言えば、嘘になる。しかし——まだ心は迷っていた。

脳裏には、この数か月の出来事が蘇ってくる。

今年の四月に、わたし、井上月子《つきこ》は恋愛小説家、夢宮宇多の担当編集者になった。

わたしの初めての担当作家。

彼が恋愛小説家であることに最初に疑いを抱いたのは、それから三か月後の、七月のことだった——。

第一話　シンデレラの残り香

1

「ただ行って話を聞けばいいの？」

夢《ゆめ》センセはタクシーのなかでわたしに確認した。「夢センセ」とは、夢宮宇多《ゆめみやうた》にわたしがつけた仇名《あだな》だった。最初、「夢宮先生」と呼んでいたら、「その先生って呼び方、何とかならないの？」と言われたので、「夢センセ」になった。とくに承諾を得たわけではない。

——パンセみたいだな。

センセはそう言って苦笑しただけだった。

——パンセ？

——フランス語で、「思考」を意味する。

——それじゃあ、いっそ夢パンセにしますか？

——なんで俺の仇名が「夢思考」になるんだ。

そんなやりとりがあって、勝手に「夢センセ」に決定したのだ。車内はややエアコンが利きすぎて寒いほどだった。

「ええ、そうです。行って話を聞いていただければ、それでいいんです」

「ふうん。優雅に、気品ある態度で？」

彼は新聞を広げて記事を斜め読みしながら尋ねる。わたしが今朝出社前に読んできた朝刊を彼に渡したのだ。世界ではそれほど大した出来事は起こっていなかった。目立った天災の類もなく、為替の動きも落ち着いている。自殺に関する記事が一件、強盗殺人の記事が一件、海外で発見された日本人女性の遺体に関する記事が一件。要するに、平常運転のレベルだ。

「そうです。夢センセの作品世界を壊さない雰囲気でお願いします」

わたしは力強く頷《うなず》いた。

タクシーは、両サイドに椰子の樹が立ち並ぶ小道をゆったりとした速度で進んでいた。人工的に作り出されたエキゾチシズム漂う街並みは、胡散臭《うさんくさ》くもあり、魅力的でもあった。わたしたちがいるのは、自由《じゆう》が丘《おか》のなかで比較的歴史の新しい高級街区だ。

目的は、インターネットテレビ番組の収録。

時計は三時十五分。この感じなら、集合時間の三時半よりやや早めに目的地へ着けるだろう。

「でも、夢センセも本当に順風満帆なスタートですよね。こんなに順調な作家さん、いませんよぉ」

「へえ」夢センセは野良猫のごとく無防備にあくびをする。

四月、わたしが入社して二週間ほどのうちに夢宮宇多は「第一回晴雲《せいうん》ラブンガク大賞」を受賞した。電話番号だけが記された応募シートを頼りに連絡をとり、スピード改稿を行って、六月の授賞式と同日に処女作『彼女《かのじょ》』が出版された。

結婚生活に漠然とした閉塞感を抱くヒロイン〈涙子《るいこ》〉が、高校時代に好きだったクラスメイト〈本木《もとき》〉との再会をきっかけに日常と恋の間で揺れ動く様子を情感たっぷりに描き上げた力作だ。作者に会うまで女性が書いたのではと疑ったほど女性心理に肉迫していることも受賞の理由となった。

授賞式当日、記者の質問攻めに遭って辟易していた夢センセは、最初のうちこそ真面目に答えていたのだが、あまりに似たような質問が続いたからか、最後に記者から「受賞作を書こうと思ったきっかけをお聞かせください」と尋ねられた際に、仏頂面でこう答えたのだ。

――世の欲求不満の女子が哀れに思えたから、餌を与えることにしただけだよ。

会場が一瞬凍りついたのは言うまでもない。そして、できれば拾ってほしくない発言だけを拾うのがマスコミの仕事。その発言はものの見事に翌日の紙面を飾った。もっとも、それは逆に宣伝効果をもたらし、受賞作は順調に売り上げを伸ばしたのだけれど。

――いいんじゃないの？　甘っちょろい恋愛を書いてる物書きが本当にキザなだけだったら気持ち悪い。あれくらいの毒気があったほうがかえって人気が出るって。

小池編集長は無責任にそう言ったが、わたしは腹を立てていた。作品と作者を重ねて読む読者は思いのほか多いのだ。できれば、あまり主義主張を押し出さず、透明性を保っていてほしい。作家に個性を求めるのは、あくまで作品のうえにおいてだけなのだ。作家個人に求めるものなど、爽やかでさらりとした感触だけだろう。

わたしは夢センセに苦言を呈し、今後は不適切な発言を慎んでほしいと訴えた。

——わかったよ。でも、不適切かどうかなんて俺には決められない。君にいちいち指摘してもらわないとね。

その発言に微《かす》かに不安は感じたものの、その後の取材などではとくにきわどい発言もなく、ようやく作家としての自覚が出てきたかと安心していた。

女性誌での恋愛相談コラムでも甘いルックスと的確な「モテアドバイス」で多くの女性ファンを魅了し、今、彼ほど順調な新人の恋愛小説家はいないと言っても担当編集者の欲目ではなかろう。

夢センセは新聞を折りたたんで、尋ねた。

「その番組の視聴者は、他人の恋愛の成功談なんか聞いてどうする気なんだろう？」

「ロマンティックな話を聞けばうっとりできますし、もしかしたら自分にも将来似たようなことが起こるかもって思えば、しばらく夢が見られるんじゃないですか？」

「ふうん。よくわからないな。俺が犬の糞を踏んづけた話をしても、君は自分も明日踏むかも、なんて思わないよね？」

「思いませんね」

彼が何を疑問に思っているのかわからなかった。

「それなのに、どうして他人の幸福な話を聞くと、自分にも似たことが起こるかもなんて思うんだろう？　犬の糞を踏む確率と変わらないはずなのにね」

それを言ってしまったら恋愛小説の需要の大前提が崩れてしまう。

「それが乙女っていうものなんです」

「ふむ」

夢センセは再び新聞を広げた。

椰子の樹から次の椰子の樹へ。車は緩慢な速度ながら順調に目的地へ近づいていた。

「夢センセ、ところでプロットの調子はいかがですか？」

わたしは新聞の前に顔を突き出して尋ねた。

「進めてるよ」

短い返答。しかし、最近の彼の作家らしい落ち着きから、信頼できる返事だと信じることにした。

わが社は出版契約も印税の支払いも出版の三か月後だから、受賞時に無職で住所不定だった夢センセはすぐに執筆に取りかかるのが難しい状況にあった。そこで、作家に必要なものは可能な限り与えてやれという小池編集長の教えに従い、夢センセに希望を聞いて虎《とら》ノ門《もん》にある高級ホテル〈ホテルオーハラ〉の一室を確保したのだ。そろそろ書いてもらわないと元が取れなくなるのも事実。夢センセはこの一か月で二回ほどプロットでつまずいている。今度こそはストライクを投げてもらいたい。

「ところで、どんな話なんだっけ？　今日聞かされるのは」

「ある女性のシンデレラストーリーです」

「シンデレラ？　……へえ」

夢センセは何か思うところがあるように黙り、それから窓の外に目を移した。その仕草の一つ一つは真綿にくるんでしまっておきたいほどに優美だった。

2

テレビ出演の話が舞い込んだのは、三日前のこと。

――本当に急な話ですみません。

BBTテレビというネットテレビの会社が、突如編集部に電話をしてきたのだ。「急な話」に裏があるのは世の常で、聞けば、大御所の恋愛作家がレギュラーで出演予定だったが、連載が忙しくなったからと出演を辞退してきたということだった。局側は急遽穴埋めの作家を探し求めて、夢宮宇多の名に辿り着いたわけだ。

依頼されたのは、恋愛小説のようにロマンティックな体験談をもつ女性を実際に訪ね、話を聞くホスト役だ。需要の実態がいまいち把握しづらいネットテレビとはいえ、毎週放送されるとなれば、新たに読者を増やすいい機会だ。

夢センセは端正なマスクをしているから、大人しく話を聞くことさえできれば、それだけでもじゅうぶん宣伝効果がある。

受賞作『彼女』も出版から一か月が経ち、さすがに売れ行きも落ち着いてきている。ここでもう少し売り上げが伸びれば、受賞後第一作が出版されるときに、販売部が初版の発行部数を増やしてもいいと考えるかもしれない。夢センセにとっても決して悪い話ではないのだ。

それに、他人の恋愛談を聞くのは、創作のヒントになるだろう。

「わたしがわざわざ言うのも変ですけど、シンデレラストーリーって、ラブロマンスの普遍的なテーマなんですよ。『プリティ・ウーマン』だって『マイ・フェア・レディ』だって、言ってしまえばこのパターンなわけで……」

「知ってるよ」夢センセは窓の外に目を向けたまま不機嫌に言い放つ。「でも、俺、昔からシンデレラが好きじゃないから」

「そ……そうなんですか？」

女子なら誰でも幼少期に一度は憧れる『シンデレラ』を嫌いな人がいるというだけでもかなりの衝撃的事実だった。

「いや、『シンデレラ』って話自体が嫌いだって言ってるんじゃないよ。あのシンデレラって女が、ちょっとね」

「……違いがよくわかりません」

「ガラスの靴が主役だと考えれば、面白い話には違いない」

どういう意味だろう？

モノが主役になれるわけがない。それとも、あのガラスの靴に意思が存在したとでも言うつもりだろうか？

問い返そうとしたとき、タクシーが停まった。

「着きましたよ」と運転手。

左から窓の外を見ると、バリ風の荘厳な門が聳《そび》え立つ大豪邸が見えた。真っ白な塀の上には大仰な防犯フェンスが張り巡らされており、監視カメラがこちらを捉えている。

ほどなく、門が自動で開く。

入ってすぐのところに、ＢＢＴというロゴのある白いワゴン車が尻を向けて停まっていた。テレビ局のスタッフが先に到着しているらしい。慌ててタクシーを降りて門を潜った。

「ずいぶん大きいね」夢センセは奥に見える白い巨大な邸宅を眺め回した。

「使用人もいるって話です。局の人の話だと、ここは別宅で、インドネシアにある本宅はもっと巨大だそうです」

「ふうん。まあ〈シンデレラ〉にはお似合いかもしれないな。行こうか」

変だな、と思った。いつもの夢センセらしくない。この邸宅のどこかに問題を感じているのか、わたしの話を聞きつつ、心では何かべつのことを考えているような感じだ。

ここ最近ずっとプロット作りに集中していたようだから、少し疲れが出ているのかもしれない。今日の仕事が終わったら、おいしいものでも食べに行って一日休養させることにしよう。

すぐ右手には青葉の繁《しげ》る庭園が造られ、左手には大きな池があった。いずれも見慣れぬ熱帯系の植物群が生い繁り、奥に立ちはだかる真っ白な邸宅と相俟《あいま》って異国情緒を醸し出している。だが、惜しむらくは、象や猿、鶏といった動物やインドネシアの女神をかたどったらしい黄金像が乱立するあまり、景観を損ねていることだ。

「お待ちしておりました」

庭園の中央にある噴水の周りに植えられた派手な濃いピンクの花の繁みから、鋏を手にした初老の東南アジア系の男性が顔を出した。見事な白髪と白髭が彼のトレードマークのようだ。蝶ネクタイのスーツ姿で見るだに暑そうだが、彼の額には一滴の汗も見えない。

「私はこの一色《いっしき》邸の執事をしております、ヤティと申します」

流暢《りゅうちょう》な日本語でそう述べ、深々と頭を下げる。

すると、頭上から声が降ってきた。

「ヤティ、何をやっている。そんなところでお引き止めしないで早く入っていただきなさい」

池を見下ろすテラスの手摺から、一人の男性が身を乗り出してこちらに手を振っていた。

椰子の葉っぱに邪魔されて顔は確認できないが、まだ働き盛りの男性の声だった。

彼は池に向かって餌を投げた。魚たちが群がって奇妙な音を立てながらそれを奪い合って再び池にもぐった。

「はい……かしこまりました。旦那様」とヤティさんは答え、どうぞこちらへ、とわたしたちを奥の邸宅へ案内した。

歩き出しながら、わたしの背後で夢センセが小声で尋ねた。「あれが〈王子さま〉?」

「そうです、石油王、一色慶介《けいすけ》氏です」

一代にして巨額の富を築いた石油王、一色慶介。本日インタビューする〈シンデレラ〉、一色笙子《しょうこ》の〈王子さま〉の姿は、すでにテラスから消えていた。

「それにしても」と夢センセは口を開いた。「この屋敷はずいぶんと趣味がいいね」

本気で褒めたのだろうか? それとも嫌味を言ったのだろうか? 彼の表情からは窺い知ることはできなかった。

ヤティさんはそれに驚いたような顔で答えた。

「旦那様はインドネシアで成功を収めた方です。私の兄の油田も旦那様が有効活用して倍以上の利益を上げられました。あの土地の文化を愛しておられる方なので、屋敷も全体に南国風なのですが、ところどころに少々お金をかけすぎるきらいがございまして、困っております。まあ、結婚して毎晩のようにパーティーを開く悪癖がなくなったのはよかったのですが」

家を守る役目をもつ執事としては、主人の浪費癖を批判的に捉えなければ務まるまい。わたしたちはヤティさんのあとを追って中央のドアから中に入った。そこは、ほとんど灯りの入らない洞窟のようだった。通路は左右に分かれていた。仄暗《ほのぐら》い照明を頼りに、左側の通路を道なりに歩いて行く。眠っている巨大な蛇の身体のなかを通るように、恐る恐る周囲を見渡しながら。

通路を抜けると、急に視界が開けて明るくなった。

吹き抜けの開放感あふれる大広間は、全面ガラス張りで、深緑の風景が一望でき、室内にいながらまるで外にいるような錯覚を抱かせる。中央にある巨大な恐竜の骨の模型の前で、すでにスタッフたちがカメラや照明のセットを整えて待っていた。

「おはようございます！」

四人の男性スタッフたちの奥に、清楚な白いドレスを着た長い黒髪の女性がいた。顔自体は控えめな美人といった感じだろうか。しかし、いささか猫背ながら踵《かかと》の平べったいパンプスでも際立つほどすらりとした長身のモデル体形には、女子でもうっとりするものがあった。

彼女こそ、今日のヒロイン、一色笙子に違いない。

夢センセは、素早く彼女のもとに歩み寄る。

「あなたが〈シンデレラ〉かな？」

笙子さんは一瞬怪訝《けげん》な表情になったが、すぐににっこりと微笑んで夢センセに手を差し出した。

「ええ。噂の恋愛作家さんね？　あなたの著作、昨日徹夜で拝読したわ。どうやったらあんな素敵な物語が書けますの？」

笙子さんは夢見心地な表情を作った。ロマンチストらしい。この手の女性は恋愛小説家のサイン会で多く見かける。

　夢センセは彼女と握手をかわしたあとで、笑みを湛《たた》えて答えた。

「簡単さ。まずあなたのような美しい女性を想像する。それからあなたに好かれたらどれほど嬉しいだろうと考える。その想像だけで一冊書けるんだよ」

　笙子さんがうっとりした表情になったのは、言うまでもない。

　こうして、〈シンデレラ〉へのインタビューはスタートしたのだった。

3

　夢センセは笙子さんとハの字形に向かい合って座ると、ボードに出された指示どおりに司会を進行しはじめた。

「今日から始まりました『ロマンスの休日《きゅうじつ》』。私、恋愛小説家の夢宮宇多が毎回小説よりも甘い実話をインタビューします。記念すべき第一回は〈シンデレラストーリー〉。御伽噺《おとぎばなし》のなかだけじゃない、ロマンティックなシンデレラが実在したのです。それがこちらの――一色笙子さん」

　カメラが笙子さんに向けられる。

　笙子さんは、ぎこちなくカメラに微笑みを送る。

「それでは、笙子さんの〈シンデレラストーリー〉を再現VTRにまとめてあるようなので、さっそく見ていきましょう」

カット。

「オーケーです」

痩身の飯沼《いいぬま》というディレクターがそう言うと、とたんに夢センセは身体を背もたれにだらりと預けた。わたしは鞄の中から、持参しておいたペットボトルのカフェ・オ・レを夢センセに手渡した。彼はそれを受け取ってキャップを外しながら言った。

「VTRなんか流すなら俺も彼女も必要ないんじゃないの？」

「VTRのあとに、その当時の心境を聞いてもらいますから」と飯沼ディレクターは説明しながら、映像の準備を始めた。

映像が、背後の液晶画面に流れる。

物語は一色慶介の人となりを語るところから幕を開けた。

一色氏は十五歳から独自に経営の理論を学び、二十歳になるとインドネシアで高齢の油田所有者から油田を小口で買い取り、採掘権を得て事業を開始した。

後継者が見つからずに困っていた油田所有者たちは、現在の取り引き先より高額な売買に応じてくれる石油会社を探してくる一色氏を信頼し、なかには全面的に油田採掘権及び取り引き権を委任してもらえるケースもあった。彼はそうして堅実な手法で徐々に富を築いていった。

三十歳になる頃には、一色氏は億万長者になっていた。前途洋々の彼の次なる課題となったのが、配偶者選びだ。自分の遺産を相続させる子孫をつくるためにも、彼は伴侶探しを本格的に始めた。

ところが、ここに大きな問題が立ちはだかる。彼の生来の人間嫌いだ。見合いは彼の排他的姿勢のためにことごとく不発に終わった。社交界で出会った女性ともそれ以上の仲になることはまずなかった。最初のうちは甲斐甲斐しく紹介してくれていた友人たちも、そのうち紹介に二の足を踏むようになった。

そのまま、二年の歳月が過ぎた。一色氏は自宅で夜ごとパーティーを開き、運命の女性が現れるのをひたすら待ちわびていた。

と、ここでVTRは、本日のヒロイン笙子さんの身の上に移る。

生田《いくた》笙子さんは十代の終わり頃に家を飛び出してからというもの、ずっとアルバイトを続けていた。パチンコ店、居酒屋、漫画喫茶、ガソリンスタンド……いくつものバイトを掛け持ちする苛酷な毎日を送りながら、いよいよ彼女は二十代の終わりを迎えようとしていた。

三か月前のこと。新たに就いたテレフォンオペレーターの職場仲間、知美《ともみ》と飛鳥《あすか》が「女性三人一組限定格安インドネシア旅行」のビラを彼女の前に持ってきた。まだ知り合って間もないから、人数合わせなのは明白だった。だが、そのとき笙子さんは、「これまで頑張ってきた自分に一つくらいご褒美をあげてもいい」と思い、そのツアーに参加することを決めた。

インドネシア二泊三日の三人旅。「現地では別行動にしましょうね」と言い渡されたが、彼女は気にしなかった。

ほかの二人は、パックプランの安宿ではなく、過去のツアーで現地を訪れた際にクラブで出会った男性たちとどこかに宿をとると言っていたので、笙子さんだけがそのホテルにチェックインすることになった。

その隣室には、年老いた男性客が泊まっていた。予約した部屋に入ろうとしていると、彼は彼女に挨拶をし、日本語でこう言った。

――観光でいらしたのかな？

――ええ、そうです。

男は、自分は手品師だと語った。

――すぐ近くにある石油王の屋敷で、ほとんど毎日のようにパーティーが開かれているらしい。地元ではちょっとした有名人でね。〈ニッポンから来た王子さま〉なんて女性の間では仇名されている。わたしは断ったが、君がもし興味があるなら、明後日開かれるパーティーの参加者用バッジを持っているから、あげよう。

パーティーという単語に彼女はぽおっとなった。そんな華やかな舞台に参加したことはないが、小さい頃からずっと憧れ続けてはいたのだ。

迷った。明後日は、夜九時の便で帰らねばならない。

でも、少し参加するくらいの時間はあるかしら。

乗り気になりかけたが、すぐにもう一つ問題があることに思い至った。

服装だ。彼女はパーティー用の服など持ち合わせてはいなかったのだ。事情を話すと、手品師は言った。

——明後日の夕方まで、私に時間をくれないかね？

それまでに、すべての問題をクリアしよう、と。半信半疑のまま迎えた二日後の夕暮れどき、手品師は彼女に言った。

——用意ができたよ。

彼の部屋には豪華な赤いドレスと白いハイヒール、それに高価そうな香水壜《びん》、煌《きら》びやかな装飾品があった。

——これは……。

——イリュージョンさ。さあ、時間がない。早くこれを着て会場へ向かいなさい。

彼女は手品師に礼を言ってパーティー会場へ向かった。バッジを見せると、すぐに場内に入ることができた。

会場の誰もが彼女のことを日本の金持ち令嬢だと思い込んでいるふうだった。その視線は、気恥ずかしくも心地よいものだった。

あまりの人の熱気に疲れ、休憩のために廊下へ出ると、ソファに一人の日本人男性が座っていた。髪をオールバックにしたタキシード姿に、どこかエキセントリックな雰囲気が漂っている。

その姿を一目見て、笙子には彼こそが〈ニッポンから来た王子さま〉なのだとわかった。

彼はそこでコンタクトを外した拍子に手を滑らせ、レンズを床に落としてしまったようだった。

——一緒にお捜ししましょうか？

笙子さんは男性に近づいてそう尋ねた。

——いや、結構。自分で捜せますよ。

彼はしばらく捜していたが、見つかる様子はなかった。

——やっぱり、一緒に捜します。

彼女はそう言って一緒に捜しはじめた。灯台下暗しである。コンタクトレンズは彼のズボンの襞《ひだ》の間に隠れていたのだ。

——ありがとう。とても助かったよ。

男はコンタクトレンズをケースにしまいながら、自分の素性を明かした。

——私は今日の主宰者の一色慶介だ。みっともないところを見られたね。お礼にダンスでも。

——ええ、喜んで。

二人は流れる音楽に合わせて軽快に踊った。

——君はインドネシアで何をしているんだ？

——私と一緒になるために生まれた運命の人を捜し求めて、ここまで来てしまいました。

運命の人、という部分を、彼女は強調した。

――それで、見つかったのかな、その運命の人とやらは。

――ええ、たぶん。

笙子さんは意味深に微笑んだ。

二人の間に親密な空気が流れ出したとき、突然会場の扉が勢いよく開き、怒り狂った男性が、パーティー会場へ乱入してきた。彼は気性の荒い象のごとく、警備員たちを投げ飛ばし何事か現地の言葉で喚《わめ》き散らした。一色氏が「自分には参加する権利があると主張しているようだ。ああいう困った輩《やから》には手を焼くよ」と嘆いた。

笙子さんは身の危険を感じて一色氏に身体を寄せた。彼はそんな彼女をガードするように優しく抱き寄せた。

――まずいな、君を離したくなくなってきた。

三十分ほど経ったところで一色氏がそう口にした。

――それは……いけません。

壁の時計に目をやる。時間は夜の八時。フライトまであと一時間。移動時間を考え合わせると、もう抜けないと間に合わない。入口付近では、まださっきの男性が一色氏のほうを指さして主張し続けていた。

笙子は慶介の頬にそっとキスをした。

――さようなら。楽しい時間をありがとう。

彼女は走り去った。御伽噺とは違って、靴を落としていったりはせずに。

その代わり、彼女は目には見えないものを残した。

彼女の残り香だ。

4

最初のうち、少しぼんやりした顔でVTRを見ていた夢センセだったが、徐々にそれを見る目が真剣なものに変わっていった。

笙子さんは、夢センセのその様子に大いに気をよくしていた。実際、よくできたVTRだった。多少の脚色はあるにせよ、笙子さんと一色氏の出会いがロマンティックなことは否定のしようがない。

テレビ局もよくここまで好都合なエピソードを発掘してきたものだ。VTRはそこで終わる。

「これで終わり？」と夢センセが撮影スタッフに尋ねる。

「いえ、まだ続きますが、いったんここでお話をしてください」

カメラが回り出す。夢センセも頭を切り替えたようだ。

「隣室に手品師が泊まっていたなんて、すごい偶然だね」

「そうね。本当にあれは驚いたわ」と笙子さん。

「彼がいなければパーティーに参加できず、一色氏にも出会っていない」

「ええ、本当に。彼には感謝してもしたりないわ」

「その手品師にはときめかなかった？」

一瞬、笙子さんは沈黙した。

わたしは思わず夢センセの顔を確認した。冗談なのか本気なのか判然としなかったが、冗談としてはきわどい。気のせいか、夢センセの目が、いつもより鋭いように見える。

しかし、笙子さんは一瞬ムッとしながらも、それを笑いに変えた。

「だっておじいちゃんよ。ちょっと恋愛対象じゃなかったわね」

「なるほど。ドレスはちゃんと返した？　その〈おじいちゃん〉に」

「もちろん」

「ガラスの靴も？」

「ガラスではないわね。革製のハイヒールよ」

そこまで聞くと、ふと夢センセの目に宿っていた冷たい光が消え、いつもの表情に戻ってにこやかに微笑む。

「残念、それじゃあ王子さまもどうやって捜したらいいのかわからないね」

「ええ、でもちゃんと彼は捜し出してくれたの」

「あなたを？　どうやって？　想像もつかないな。それじゃあ、ＶＴＲの続きを見てみようか」

しぜんな流れだった。何だ、やっぱりいつもの夢センセだ。

わたしは胸を撫で下ろした。一瞬覗いた毒気も今は影を潜めているようだし、何とか撮影をうまく乗りきることができそうだ。

わたしは飯沼ディレクターといかつい顔をした柿崎《かきざき》というプロデューサーの顔色を確認した。二人とも、夢センセのインタビュアーぶりにおおむね満足しているようだった。初回からアドリブでこれだけトークを展開できれば言うことなしだろう。

再びＶＴＲが流れる。話は一色氏の視点に戻っていた。

一色氏は恋の病に苦しんでいた。あの赤いドレスを着た女性にもう一度会いたい。名前を聞かずに別れたことが悔やまれた。手がかりは唯一、一色氏自身が彼女から嗅ぎ取った香水の残り香だけ。

一色氏は、踊っている最中に彼女が二泊三日のパックプランでインドネシアへやってきたと言っていたことを思い出した。

しかし、航空会社や旅行会社に問い合わせても、今の時代はなかなか個人情報保護がどうのと言って教えてくれない。そこで、彼は考えた末、日本の新聞社五社に計一千五百万円近くを支払って朝刊に同時広告を打った。

〈四月二十日前後に二泊三日のパックプランでインドネシアへ旅行に来ていたある女性へ。結婚を申し込みたいので至急連絡されたし――株式会社《かぶしきがいしゃ》カラレス代表取締役一色慶介〉

その広告効果は絶大だった。たった一日で三百件以上の問い合わせがあった。ただし、ほとんどはインドネシア旅行経験があるというだけのニセモノだった。一色氏は、本当にその日にパックプランでインドネシアを訪れていたらしい五名だけを東京のオフィスに呼び出して、面接した。

しかし、五人のうち一人は老婆、一人は女装した男性で、一人は美人だったがインドネシアの地形はおろかパーティー会場のある町の名前すら知らなかった。残る二人は詳しく聞くと、滞在日はかぶっていたものの、一色氏と赤いドレスの女性が踊っていた時間にはすでに飛行機に乗っていたことがわかった。

そして、そんな細かな情報以前に、何よりも彼女たちからはあの香りを嗅ぎ取ることができなかった。

一千五百万円が無駄になったのはとりたてて悲しむべきことではなかったが、恋い焦がれる女性との再会の望みが絶たれようとしていることは、彼を暗い気持ちにさせた。

翌週、彼は再び広告を出した。

〈あの晩の君の香りが忘れられない。すぐ連絡を〉

今度はもっと反響があった。いつ、どこでといった具体的な部分を省略したせいだろう。彼のことを直接、または間接的に見知っている女性がこぞって彼のもとを訪れた。

五百人以上を面接し、多種多様な匂いを嗅いだ。いい匂いもあれば、鼻が曲がりそうなクセのある香水までさまざまだった。なかにはただ風呂に入っていないだけの体臭を嗅がせた女までいた。結局のところ、誰もが彼の財産目当てに名乗り出てきていたのだ。

諦めかけたそのとき——奇跡が舞い降りた。

5

「さて、どんな奇跡なんだろう。突然あなたみたいなモデル体形の子が空から降ってきたとかなら、それはそれで驚くと思うけど」

夢センセはにっこり微笑んでみせるが、笙子さんは苦笑混じりに首を横に振る。

「私、そんなにスタイルはよくありません」謙遜しているようだ。

「そんなことはないよ。背も高いし、モデルを目指そうとは思わなかったの？」

「興味ないんです、モデルなんて」

どうしたんだろう？　笙子さんは急に不機嫌な調子でそう言った。でも夢センセはまるで気にした気配を見せずに続けた。

「ダメだ、いくら考えてもわからない。よしVTRを見よう」

夢センセは再びVTRを要求した。

再び映像が流れる。

物語は笙子さん視点。彼女は帰国後、いつものテレフォンオペレーター業務に戻っていた。入力作業をしていると、背後で声がした。

同僚の女子たちが新聞を見ながら騒いでいる。

――この人、前も広告出してたよね？

そう言ったのは、一緒にインドネシア旅行に行った知美と飛鳥だった。

――私たちもインドネシアに行ってたし、可能性はあるわよね。

――そうだよそうだよ。行ってみよ。ダメでもともとだし、私けっこういろいろ香水持ってるから自信あるなあ。

二人がそう言っているのを聞いて、思わず彼女は口走った。

――あの……わ、私も行っていいかな。

すると、二人は冷たい目で笙子を眺めて言った。

――なんであんたが行くのよ。その日シフト入ってるでしょ?

――で、でも、もともと飛鳥が法事に参加するから代わってほしいって……。

――だから何よ。あんたに関係ないでしょ?

笙子さんはそれ以上何も言わなかった。

だが、面接が行《おこ》なわれるのはたったの一日。その日に行かなければ、永遠に彼と出逢うことはないかもしれない。

彼女は悩んだ末に、初めてバイトを無断欠勤した。

そこで――VTRが終わる。

いちばん気になるところ。でも、その先の展開が一つしかないことも同時に理解できる。

ここでVTRを終わらせたのは賢明かもしれない。実際、そのほうがロマンティックな余韻に浸ったままインタビューに移ることができる。

「そして慶介さんはあなたを発見した、と」

「ええ」

「とても素敵な恋だ」夢センセは言いながらボードをチェックする。〈ここで一色氏を中央の席へ招待〉と書いてある。振り向くと、中背でよく日に焼けた筋肉質の男性がそこに立っていた。

VTRに使われていた男性とはやや印象が違った。オールバックにはしているが、その額はだいぶ後退しているし、顔はエキセントリックというよりは猜疑心の塊のようだ。張りついた微笑が余計に印象を悪くしている。VTRの恍惚感が急速に損なわれていく。

彼は自分の妻をまっすぐに見つめ、それから周囲に対して律儀に頭を下げた。

「それでは、その〈王子さま〉にご入場願おう。一色慶介さん。どうぞこちらへ」

一色氏はゆったりとした足取りでカメラの前へとやってきた。

彼が座ったのを見計らってから、夢センセは言った。

「いやあ、本当に素晴らしくよくできたシンデレラストーリーだった。もっとお金をかけて映像化してもらいたいくらいに。ただ――」

そこでいったん意味ありげに夢センセは言葉を切った。

わたしはただ静かに彼の次の言葉を待った。

彼は言った。

「どうだろう、一色さん。俺はこの結婚、ちょっと早まったんじゃないかって思うんだけどね」

一色氏は黙って夢センセを見つめていた。

スタッフたちに動揺が走る。

そして――当然わたしにも。

何がきっかけだったのかはわからない。

しかし、今の夢センセは、甘やかな恋愛作家としての優雅さの下から、怜悧《れいり》なハンターの顔を覗かせていた。

いったい、どうしたというのだろう？

夢センセはなおも続けた。

「あなたは結婚がしたかったんでしょ？　そしてあなたも」夢センセは二人を順番に見ながら言った。「望みは一つだった。でもそれが交差点だとしたら、そこから先はまたべつの道へ進むことになるんじゃない？」

「何が言いたいの？　変な方ねえ」

笙子さんはヒステリックに笑ったが、夢センセは気にせずに一色氏に尋ねた。

「慶介さん、あなたはなんでそんなに彼女を好きになってしまったんだろう？　ちょっとコンタクトレンズを拾われたくらいで。俺もコンタクトレンズ拾ったら好きになってもらえる？」

一色氏は苦笑した。

「そうだね」さきほどテラスから聞こえてきた声だ。「だが、好きな気持ちなんてそう簡単に説明しきれるものではない。違うかな？」

「同感。じゃあ今はどう？」と夢センセ。

「今、とはどういう意味かね？」

「その言葉のとおりさ。今でも彼女のことが好きなの？」

「いい加減にしなさいよ！」

ついに笙子さんが怒鳴った。飯沼ディレクターがカメラマンに手で撮影をやめるように合図した。夢センセは笙子さんのほうを見ないまま言った。

「あなたには聞いてない。彼に聞いてるんだ」

「な、何ですって？　ちょっと慶介さん、聞いた？　何とか言って差し上げて！」

一色氏は笙子さんの手を優しく握りながら夢センセに尋ねた。

「君は何か言いたいことがあるようだね。構わないよ、単刀直入に言ってくれないか？」

「では遠慮なく」と夢センセは言った。「人間は、ときにより深く自分を見つめ直す必要があるんだ。一つ一つのことに『なぜ』と問い直してみると、自分が本当は何を求めているのか理解できるはずさ」

「君は、私の何を知っていると言うんだね？」

「さあね。でも、少なくともあなたよりはあなたのことを知っているみたいだ」

「それを私が信じなければならない根拠は？」

「信じるしかないさ」

夢センセの言い方は、まるで閉店間際に飛び込んだ迷惑客に応対するように投げやりだった。

「ただ一つ、シンデレラの見分け方には注意したほうがいい。見誤れば、あなたの人生を蝕まれることだってあるんだから」

そのとき——笙子さんが夢センセに近づき、頬を激しく叩いた。

「この恥知らず！」

彼女はそう言い残して出て行った。

夢センセは、彼女の背中を冷徹な眼差しでじっと見つめながら、ぶたれて真っ赤になった頬をさすった。

6

「どうしてくれるんですか！　番組がめちゃめちゃだ！」

飯沼ディレクターはわたしを睨みながら、カメラマンを何度もメガホンでぶった。

「本当に、申し訳ありません」

わたしは深々と頭を下げた。

「あんたじゃないよ、彼に謝らせてくれよ」

「……ごめんなさい！　深くお詫び致します！」

夢センセが謝罪するとは思えなかったので、わたしは判断を停止して、とにかく何度も頭を下げて謝り続けた。

すると——その場に残っていた一色氏が口を開いた。

「番組を台無しにしたのは、私の妻が取り乱したせいでしょう。ですから、私が謝りますよ。彼は終始冷静だった」

それから一色氏は夢センセのほうに向き直った。

「それに、君のおかげでとても素敵な体験ができた。なぜ妻を好きになったのか、ようやく頭で理解できたんだ」

「そりゃあ何より」と夢センセはカフェ・オ・レを飲みながら言った。

「これからは彼女と正しく接することができそうだ。感謝するよ」

その様子を見て、まだ怒りに震えている飯沼ディレクターの背後から柿崎プロデューサーが肩をポンと叩いた。

「最後の部分だけうまくカットして編集すれば何とかなるさ」

「……はい、わかりました」力なく飯沼ディレクターは返事をした。

一色氏は夢センセに言った。

「帰りがけに、今日の記念品を何か差し上げよう」

「遠慮なくいただくよ。腐ったお中元のハムとかでなければ」

わたしは呆れて口も利けず、その場にへたり込んでしまった。テレビスタッフが帰ったあとで、わたしと夢センセの二人は、リムジンで送られることになった。

手配をしたのは、我々を案内した執事のヤティさんだった。運転手の準備が整うまでのあいだ、ヤティさんはエントランスの車寄せでわたしたちにこの邸宅について語った。

「本当は、さぞかし成金趣味の露悪的な建物だと思われていることでしょうね」ヤティさんは自身もうんざりしているといった調子で尋ねた。

「いえ、そんなこと……」とわたしが言いかけるのにかぶせて夢センセが「ええ、まあ」と答えた。わたしは思わず彼の足をそっと踏んだ。

自嘲気味に笑いながらヤティさんは言った。

「それが正しい見方です。旦那様は物質的な贅沢はすべて悪だと考えており、自分は悪の権化だと考えているのです」

「正義のヒーローよりはよほどいい」と夢センセ。

しかし、ヤティさんは「いいえ」ときっぱりとその意見を退けた。「児童養護施設で親の愛情を知らずにお過ごしになられたのが、旦那様の価値観に大きな歪みをもたらしたに違いありません」

それはさすがに偏見が過ぎるだろう、とわたしは思った。どんな環境で育ったのであれ、まっすぐに育つことはできるし、児童養護施設にだって愛情深い指導者はいたはずだ。しかし、その考えはあえて口には出さなかった。

「今の自滅的な思想のままではいずれ恐ろしいことになります。いささか倒錯した考え方だとは思いませんか？　富を得ながら富を憎むなんて。それなら石油の商売なんか始めなければよいのですから」

たしかに、彼の言うことには一理あった。ヤティさんは、自分の主人の将来を危惧しているのだろう。

「このご結婚が旦那様を正しい方向へ導いてくださるとよいのですがね」彼は車庫からやってくる黒のリムジンを見やった。「準備が整ったようです」

夢センセはリムジンのほうへ向かいながら言った。

「ヤティさんと言ったっけ？　俺はあなたの旦那様が嫌いじゃないよ。むしろ今ではこの醜悪な建物にすら愛着が湧いてきたくらいだ」

「え？」

「それに、富を憎んでいない金持ちのほうが気持ち悪いよ、俺はね」

「……」

そのとき、邸宅から一色氏が手提げ袋を持って現れた。

「さっき言った手土産だ。妻のお気に入りの花の香りがするお香らしくて、私の寝室に置けと言うんだが、どうもお香自体が好きになれなくてね」

「いらないものを押しつけてくれてどうも」

夢センセはそう言ってニッと笑った。

「君に会えて本当によかった」と一色氏も微笑み返す。

いったい、この男同士の微妙な友情は何なのだろう?

わたしはただただ訝《いぶか》りながら、お礼を言ってリムジンに乗り込んだ。車内のバックミラー越しに、そんな一色氏に困惑顔を隠せないヤティさんの様子が見えた。

車が動き出したのを確認してから、わたしは静かな声で言った。

「夢センセ……いったい何の真似ですか?」

広すぎる車内に、その声がこもった。静かに言ったつもりでも、吸音性能に優れた車内では、はっきり運転席にまでわたしの怒りが伝わったことだろう。

「どうしてこれまでみたいに、まともな人間として撮影に臨めなかったんですか!」

授賞式の悪夢が蘇る。もう二度とあんな思いはしたくない。

「俺はまともな人間だよ。ほら、ちゃんとお尻からシートに座っている」

そんなことが何の証明になるというのか。

わたしは首を横に振りつつ溜息を洩《も》らした。

「だいたい俺は小説家なんだから、しゃべりについてまで指図されたくはないね。君がやろうとしているのは一種の言論統制というやつで……」

「ああああ、もう! 小説家なら、とっととまともなプロットを出してくださいよ! 変な館もののミステリのプロットを持ってきたり、その前は首なし死体がどうのって……あなたはミステリ作家じゃないんです！　恋愛小説家なんですから！」

そう、授賞式以来、数度提出されたプロットはいずれも編集長にさえ見せられないレベルのものだった。

「実際に書き出せば多少は恋愛要素も入れようと思ってたのに」

夢センセは口をとがらせる。このうえまだ言い訳をするとは。許すまじ。わたしはさらなる追撃を試みた。

「『恋愛要素も』じゃ困るんです。ストライクに恋愛小説でないと」

なぜデビュー作『彼女』を書いたようにすっと恋愛小説を書いてくれないのだろう？あれはわたしがこれまでの人生で出会ったどんなものよりも純度の高い恋愛小説だったのに。読んでいると、体内の血液が浄化されていくような気がしたのを今でも覚えている。

内容は『クレーヴの奥方《おくがた》』を下敷きにしたような不倫ものだったけれど、ヒロインの心の揺れ動きの描き方には、睫毛《まつげ》が風を受けるときのような繊細さがあった。まさか新人賞応募作品で、原稿の最後の一ページをめくるのが惜しいと思わせるような作品に出会えるなんて思わず、その晩は興奮のあまり眠りに就くことができなかったほどだ。

椰子の樹から次の椰子の樹へ。

車は一定の速度を保って走っている。

わたしは、ほんの少し悪趣味な〈シンデレラ〉の屋敷が遠ざかるのを惜しむように振り返った。

「一色夫妻の恋物語以上にロマンティックな話がほしいんです」

するとき、夢センセはわたしの発言をフンと鼻で笑い飛ばした。

「あれがロマンティック？　晴雲出版《しゅっぱん》が潰れる日は近いね」

「な、何ですって？」

あまりの発言にわたしは思わず我を忘れて大きな声を出してしまった。夢センセはあくびを一つし、世界の調和でも図るような場違いな暢気《のんき》さで続けた。

「それじゃあロマンティックなお話に陶酔していたお嬢さんの酔いを醒ましてやろうか」

そう言ったときの意地の悪そうな夢センセの顔は、今でもはっきりと覚えている。

その言葉は嘘ではなかったのだ。彼によるメルヘン解体は、完膚《かんぷ》なきまでに、わたしの気分を台無しにしてくれたのだから。

7

「行きのタクシーのなかで俺は言ったよね、シンデレラが嫌いだって」

「ええ、聞きましたよ。それから主役をガラスの靴と考えれば少しは面白い、とも」

「よく覚えてるじゃないか。偉い子だ」

「褒めても締め切りを延ばしたりはしませんから」

「いいよ、踏み倒すだけだから」

悪辣《あくらつ》な新米作家め。

「俺、昔からあの話にはガラスの靴のイメージしか持ってないんだ。だから、なんであの話のタイトルが『ガラスの靴』じゃなくて『シンデレラ』として現代に残っているのか意味がわからない」

「……だって、主役はシンデレラじゃないですか」

違うね、と夢センセは言った。

「シャルル・ペローの原作のタイトルは『サンドリヨンまたは小さなガラスの靴』だった。それなのに、後世の人々が勝手にシンデレラのサクセスストーリーを中心に読み解いてしまったんだ。あれはガラスの靴をめぐる話だろ？」

たしかにシンデレラと言えば、ガラスの靴を誰もが思い浮かべる。

「ガラスの靴がじつはリスの毛皮のスリッパの誤用だという説もあったけれどナンセンスさ。そのとたんにシンデレラのもつ神秘性が根こそぎ奪われてしまうんだから」

そう言えば、そんな説がその昔あった。わたしが初めてその説を耳にしたとき、何だかげんなりしたのを覚えている。

「シンデレラはその純粋さと神秘性をガラスの靴に付与されているところが大きい。言い換えれば、ガラスの靴がシンデレラと不可分な象徴的存在として機能することによって、シンデレラはガラスのイメージをそのまま自分のものとしているんだよ」

「んん、それはたとえば、〈夢センセは獣〉といった場合、獣の属性があたかも夢センセの属性のように捉えられるってことですか?」

「なんで俺が獣になるんだ。でも、まあそういうことだね。問題は、それが魔法使いによる策略だってことでね」

「だって魔法使いがカボチャの馬車とか用意したんですから、当然じゃないですか」

「でも、それならなんであのガラスの靴だけ十二時過ぎても消えないんだろう?」

「そう言えば……」

「シャルル・ペローはこの点についてガラスの靴だけが魔法使いからの贈り物だったということにしている。でも、そもそも魔法ではなかった部分だけ城のなかに落としてくるというのができすぎている」

「それを言っちゃあダメじゃないですか?」

「そうかな? 俺はこの物語自体は一つの仮定を受け入れることでダイナミックに展開されると思うけど。たとえば、魔法使いによる王家への呪いが成就する過程の物語とも読めると思うんだ」

「の、呪い?」

「魔法使いは城に入れないが、城に対する恨みつらみをもっているとする。王家の血筋を崩壊させたい魔法使いにとって、シンデレラは道具にすぎない。富と地位への憧れをもちながら、清楚なふりのできる小娘なら誰でもよかったのかもしれない。とにかくシンデレラに白羽の矢を立てて舞踏会に参加させ、ガラスの靴を落とさせる。ガラスの靴に課された役割は認証キーみたいなものだよ。王がシンデレラを求め、シンデレラがガラスの靴に足を通すとき、それは魔法使いが城のなかへの通行手形を手にする瞬間でもあるんだ。あるいは、そのときのシンデレラは魔法使いとすり替わっているのかもしれない」

魔法使いと——すり替わっている？

わたしは背筋がぞぞっと寒くなるのを感じた。

「ガラスの靴とシンデレラは、魔法使いによって一組のペアとして初めから仕組まれていたに違いない。そうであればこそ、タイトルが『サンドリヨンまたは小さなガラスの靴』である理由も明らかになる」

「でも、それが成功する確率なんて、わずかでしかありませんよ」

「恐らくこの物語は風刺的なものなんだ」

「風刺的？」

「昔から気になってたんだけど、なんで王子は顔を見ないで靴のサイズでシンデレラを見つけようとするんだろう？　仮面舞踏会だったわけでもないのにさ」

「あっ……そう言えば、それ、昔気になったことがあります」

「解釈の仕方は二つあると思う。王子の目が見えないと仄めかしているのか、もしくは王家には真贋《しんがん》を見極める才覚が実際にはない、と愚弄しているのか、そのどちらかだ」

「……よくそんなこと思いつきますね」

「シャルル・ペローがルイ14世に見出され、王家に寵愛された作家だったからこそ入り組んだ形の風刺になったんだ。表向きは幼い子どもたちに書かれているような教訓だが、どう見ても子どもむけじゃない。そんな面倒くさいことをしたのは、ペローが表立ってものを言えない立場にあったからだろう。

結局ね、ガラスの靴が物語を支配しているんだよ。魅惑的な小道具によって細かな部分には目がいかなくなるように処理されている。まるで、物語に香水を振りかけるみたいにしてね」

香水――という言葉にどきりとした。

「そう言えば、今回の物語は王子が透明な装着物を落とすところから始まるね」と夢センセは続けた。

「コンタクトレンズのことですか?」

「そう。王子のほうが落とし物をするという、ちょうど『シンデレラ』と正反対の幕開けだった。そして、コンタクトレンズが外れたことによって、彼はあまりよく人物の顔を確認できないまま恋に落ちたわけだ」

「あ……そういうことになりますね」

VTRのなかでコンタクトレンズはケースにしまわれていた。

「たぶんぼんやりとは見えるんだろう。目が疲れるからコンタクトははしまったんだ」

「でも、それでは何がきっかけで恋に落ちたんでしょう?」

そう尋ねると、夢センセは逆にわたしに尋ねた。

「一色氏は何をもって彼女の存在を判別しようとしてた？」

「何をもって――香り、ですか？」

「そういうこと」

夢センセはそう言って、窓の外を見た。

「もしも彼が香りに惹きつけられたのなら、その恋は過去の記憶に端を発しているのかもしれない」

「どうしてですか？」

「嗅覚と味覚は、五感のなかでも客観性に乏しく、それだけ主観と強く結びついている感覚なんだ。とくに嗅覚から記憶を呼び起こされる現象は、小説の『失《うしな》われた時《とき》を求《もと》めて』の原作者と結びつけて〈プルースト効果〉と呼ばれたりする」

「つまり――彼女の香りに魅了された理由が一色氏の過去に起因している、ということですね？」

「たとえば、ある人物が過去に同じ匂いをさせていたことがある、とかね」

一色慶介――。わたしは彼の表情を思い出した。あの微笑は、さまざまなコンプレックスを抱えた自分の奥深くを相手に見せないための楯のように見えた。きっと彼は怒っていても、悲しんでいても、一定の微笑を浮かべているに違いない。

「ヤティさんが帰りに言っていたね。彼は児童養護施設で育った、と。たった一人であそこまでの資産を築いた男は、どんな記憶を大事にしていたんだろう?」

「記憶、ですか」

「まったく新しい恋なんてない。恋はあまねく過去の恋の幻影を引きずりながら精神の反復運動を繰り返して生まれる。Aの次に正反対のBを選んだとしたら、それは過去にAを経験した結果だし、再びAに似たものを求めたのなら、以前のAに何らかの未練があるからだろう。まったく何もないところから恋が生まれたように見えたとしても、それはただそう考えたいからにすぎない。いつだって今あるものは過去に端を発している。そして、もっと言えば未来の運命さえそこには記されているのかもしれない」

なぜだろう——そのとき、夢センセの表情がひどく悲しみに満ちているように見えた。自分まで胸が締めつけられるような気持ちになる。

ハッとした。

その表情から受ける印象は、彼の処女作『彼女』のヒロイン〈涙子〉が心密かに好意を寄せる同級生、〈本木〉のもつ哀切さを想起させるのだ。

もしかして、〈本木〉のモデルは——。

しかし、わたしの内心に起こった疑念など知る由もなく、夢センセは続けた。

「さいわい、一色氏は今日、自分が何に惹かれていたのかに気づけたようだ。そして、知らないうちにニセモノとすり替わっていたことにも」

ニセモノ——?

問い返そうとしたとき、ちょうど車は出版社の前に停まった。

8

社内で一度雑務を済ませてから、夢センセを待たせておいた出版社のビル一階にあるカフェに向かった。居眠りしている夢センセを揺り起こして話の続きを求める。

「つまり、彼女はニセモノだと言いたいんですね」

「ん？　ああ……言いたい、というか、事実そうなんだよ」

夢センセはそう言って目をこすってから、ストローをくるくると指に巻きつけて遊びはじめた。

「どんな根拠があってそんなことを言っているんですか？」

「どんな根拠ねえ……見たまんまかな」

夢センセはヘ音記号のように曲がったストローを豆乳オ・レに差し込んで怪しい化学実験でもしているように吸い込んだ。もう、いつものエレガントな恋愛作家は帰ってこないのだろうか？

「見たまんま？」

「彼女はその香水を手品師の男にもらったと言ったね。それは覚えてる？」

人の記憶力を何だと思っているのだ。

「もちろんです」

いつも何でも忘れてしまう夢センセのために打合せ内容を記憶しておいて、あとでメールで知らせてやっている恩は完全に忘れ去っているようだった。

夢センセは気にせずに続けた。

「ということは、その香りは彼女のものじゃない。つまり、一色氏は彼女固有の匂いではないものを彼女そのものと結びつけていることになる」

「それは――シンデレラとガラスの靴の関係と同じですから、問題にはならないんじゃないですか?」

「そう。それ自体は問題じゃない」

あっさりと夢センセは引き下がった。ストローのなかで、白茶けた液体がぐるぐる回って彼の口へと吸い込まれていく。

「むしろ問題は」と彼は言う。「笙子さんがパーティー会場には行っていないと思われることさ」

「彼女がパーティー会場に行っていない?」

何を言っているのだろう?

彼女はパーティー会場にいたではないか。

現に今日、再現VTRで――。

「今日俺たちが見せられたのは、一色氏と笙子さんの証言を元に作り上げたVTRであって、必ずしも真実を伝えるものではない」

「でも――いくら何でも行ってもいないパーティーを行ったなんて」

「でも行ってないんだよ」

「だから、証拠をですね……」

いいよ、と夢センセは言った。それから――ひと呼吸置いて、こう言った。

「彼女はドレスとハイヒールと香水、装飾品のすべてが用意されたと話したようだが、なかに一つだけ、たとえ用意されても彼女が身につけそうにないものが含まれているんだ」

「それは――何ですか？」

「ハイヒールだ」

「……なぜですか？」

意味がわからなかった。なぜハイヒールを彼女が履いていたはずがないなどと、今日一度会っただけの夢センセがわかるのだろう？

夢センセは納得のいかない顔をしているわたしを見ておかしそうに笑いながら切り出した。

「覚えていないか？　笙子さんの姿勢がずっと猫背だったのを」

「あっ」あのとき、わたしは彼女が猫背な点を除けば完璧なのに、と内心で思ったものだった。

「そう言えば……たしかに猫背でしたね」

「なぜだと思う？」

考えた末に答えた。

「身長を気にしているから、でしょうか？」

一色氏は、筋肉質で肩幅ががっしりしているが、背は男性としてはさほど高いほうではない。対する彼女は、明らかにモデルクラスだ。

「そのとおりだ。身長が高いことを誇りにしている女性なら、ハイヒールを履いただろう。でも、彼女はそうじゃなかったんだ」

そういえば、今日の彼女の靴は、踵の平べったいパンプスだった。

「それに、俺がモデル体形なことを指摘したときも機嫌が悪そうだった。背の高い女性のなかには、長身だというだけでモデルっぽいと言われることを極端にいやがる子がいるものさ」

「なるほど……だったら、最初の出逢いの場面で彼女がハイヒールを履くはずがない……」

ロマンティックな出会いに亀裂が入る。

恋愛小説家の手によって、甘い恋物語の仮面が剝がされていく。

彼は最後の一滴を飲み干すと、ストローを反対回りにぐるぐると回して指で伸ばし、元の紙袋のなかに収めた。まるで、侍が刀を鞘に納めるように。

「そういうこと。それに、彼女の背丈でハイヒールを履いたら、一色氏はさすがに香り以上にその巨大さを記憶しただろうね。いくら目が悪くてもシルエットは見えるはずだから」

「では――彼女はニセモノってことですか？」

「恐らく」

「でも……それじゃあ、どうして同じ匂いが？」

すると、夢センセは笑いながら立ち上がった。

「さあ、そろそろ俺はホテルに戻ってプロットを書かないと」

「え……ここまで言ったら、ちゃんと答えてから帰ってくださいよ」

このタイミングで逃げるのはずるい。ずるすぎる。

「誰かのせいでずいぶん時間を潰しちゃったからね」

この男――根本的に性格に難がある。

だが、そう言って背を向けたあとで、夢センセはこう言ったのだった。

「まったく、今日の話が何もわかってないんだな。ガラスの靴を仕掛けたのは誰だっけ？」

なぞなぞのようなその一言を残して、夢センセは去って行った。

わたしは、テーブルのうえに残された歪んだストローと向かい合いながら、もう一度頭のなかで自分自身に問いかけた。

――ガラスの靴を仕掛けたのは、誰？

答えは明白ではないか。

ガラスの靴を仕掛けたのは――魔法使いだ。

でも、それがどうしたというのだろう？

置き去りにされたストローは、何も答えずに不貞寝《ふてね》していた。

9

その夜、わたしはベッドにもぐり込んでシャルル・ペローの童話集を本棚から取り出して読んだ。魔法使いがトカゲたちを従者に変えるところで目蓋《まぶた》が落ちてきた。

夢を見た。従者に変身したものの、まだ顔だけがそのままになっている二匹のトカゲが、わたしをカボチャの馬車に乗せる。

――君はニセモノ？　僕もそいつもニセモノなんだけど。

――わたしは違う、本物よ。

――つまり、君は井上月子《いのうえつきこ》その人だというんだね？

――ええ、そう。

――だったら、その証拠を見せてくれよ。

――証拠？　そんなものはないわ。

――まだベストセラーの一冊ものさず、編集長のチェックなしじゃ何もできない君が、編集者の井上月子だなんて僕にはとても信じられないな。

一匹が言うと、もう一匹が、

――そうだ、匂いを嗅ごう。そうすればわかる。

と言って匂いを嗅ぎに顔を寄せてきた。青ざめながら後ずさったところで、目が覚めた。

部屋の電気をつけっぱなしで寝ていたらしい。時計を見ると夜中の二時だった。

枕もとで携帯電話のバイブレーションが唸《うな》っている。

わたしはすぐに携帯電話に手を伸ばした。「夢宮宇多」と着信に表示されている。迷わず通話ボタンを押した。

「もしもし？」

「一色氏の命が危ないかもしれない、行ってみよう」

「え……い、今の時間からですか？」

「すぐ来てくれ」

「わ、わかりました」

常ならぬ緊迫した夢センセの調子に、わたしは電話を切るとすぐにタクシーを呼んで虎ノ門まで車を走らせた。タクシーに乗り込むとき、人の寝静まった町の夜風が頬を掠めた。

運転手に行き先を告げる。車が走る間もわたしは今日の帰り際の夢センセの発言の意味を考えていた。

ガラスの靴を仕掛けたのは魔法使いだ。

では──香水を仕掛けたのは誰なのだろう?

そんな魔法使いはどこにもいないのではないか。それとも──。

わたしは、ふと笙子さんがした話の嘘の含有率が知りたいと思った。どこまでが嘘だったのだろう? パーティーの部分はまるごと一色氏の話からの聞き移しだったとして、では彼女の話に本当の部分はあるのだろうか?

オペレーターの女友達二人と旅行に行ったというのは本当かもしれない。現地で別行動になったというのもきっと本当なのだろう。となりの部屋にいた男性が手品師だったという部分はどうだろうか? あれも本当だろうか? それともあそこからが嘘なのだろうか?

いずれにせよ、彼女がニセモノだと言うなら、パーティーで実際に一色氏の心を射止めた本物の〈シンデレラ〉がいるはずだ。彼女はどこへ消えてしまったのだろう? そして、彼女の手から笙子さんの手へと香水が渡った経緯はどのようなものだったのだろうか?

二者の間に直接的なやりとりがあったとは考えにくい。

それを仲介する第三者が必要なのだ。そう、それこそ魔法使いが。

そこまで考えたとき、〈ホテルオーハラ〉の瀟洒《しょうしゃ》な外観フォルムが見えてきた。

車寄せにはすでに夢センセの姿があった。彼が乗り込んだのを確認して、ドアが閉まり、タクシーは動き出す。行き先は自由が丘。

「夢センセ、いったい何が……?」

「あれがどうかしたんですか？」

「帰りがけに渡されたお香さ」

「ああ……、あれは毒性のものだ」

「え！」

あまりに驚きすぎて、わたしは大声を出してしまった。その勢いでタクシーがにわかにぐらりと揺れたほどだ。

「寝る前に焚いて寝ようと思って、お香の箱を開封した。中身は棒状の香木だったんだが、鼻を近づけると甘いキョウチクトウの匂いがするじゃないか。あの庭に咲いていた濃いピンクの花の樹さ。枝を細く切って香木に似せたんだろう。あれは直接口に入れても毒だが、燃やすと強い毒性の煙が出るんだ」

わたしは庭の中央で噴水を彩っていた鮮やかなピンクを思い起こした。あの植物にそんな恐ろしい一面があるとは。

「でも――これから押しかけてどうするんですか？　毒は夢センセが持っているわけですし……」

「笙子さんは彼がお香を使っていないことにそろそろ気づく頃だろう。そうなれば、第二の罠を仕掛けているかもしれない。まだ庭にはキョウチクトウがたっぷりあったからね」

「毒は、笙子さんが仕組んだものなんですか？」

「一色氏に毒を渡したのは彼女だ。しかし――」

彼が何を考えているのかはわかった。

「手品師の正体、ですね？」

「ああ、そうだ。あの屋敷に恨みをもっている者——元使用人とか、その手の人間がバックについている可能性がある」

「屋敷に着いたらその辺りのこともヤティさんに聞いてみましょうか」

真夜中の二時過ぎに彼が起きているとも思えなかったが、乗りかかった船だ。わたしは担当作家を信じてみることにした。この一件によって次作のプロットが生まれることはなさそうだけれど、それでもこうして付き添うことで作家と編集者の信頼関係が築かれるとしたら、少しは意味がある。何よりわたし自身ここまで来た以上、事の顚末《てんまつ》を知らないままではいられない。

三時前。ようやく自由が丘に辿り着く。夜に見上げると、葉の隙間に巨大な満月を隠しもった椰子の樹は、何とも不気味に見えた。

「何か聞こえないか？」

「音ですか？」

「ああ。匂いは耳には届かない」

耳を澄ます。よく聞き知った、唸るような高音のサイレン。

一台の救急車が、一色邸の前に停まっているのが見えた。

赤い光が夜の闇を照らしながら、今まさに動き出そうとしているのだ。胸の鼓動が高鳴る。誰が運ばれるのだろう?

「手遅れだったか……」

夢センセは呻《うめ》くようにそう言った。

「まさか、一色氏が?」とわたしは問いかけたが、彼は顔を手で覆ったまま、しばらく動かなかった。

救急車がわたしたちの真横を大きな音を立てて通過して行った。音の高低の聞こえ方が耳の表側と裏側で違うあの独特の音づかいで、救急車は椰子の樹の立ち並ぶ道を走り去った。

「確かめよう、何が起こったのか」

わたしは頷き、支払いを済ませた。

しかし――事態はわたしたちの想像を超えていたのだ。

10

バリ風の門は閉じたままだった。脇にあるインターフォンを鳴らすと、ようやくくぐもった声が出た。

応えたのは、執事のヤティさんだった。

――ああ、昼間の方々ですね。

彼の声はひどく取り乱していて小動物のように落ち着きがなかった。

何かが起こったのだ。

何が起こっているのだろう？

門が開いた。夢センセは、ほとんど走るようにしてなかに入って行った。夜の庭園が右手に、池が左手に見える辺りに差しかかる。そこにヤティさんが現れた。

「恐ろしいことです……」

ヤティさんは嗚咽《おえつ》を洩らした。

夢センセは彼の肩に手をかけて尋ねた。

「一色氏に何があった？　笙子さんはどこにいる？」

ヤティさんの怯える様子には尋常ならざるものがあった。

「お、落ちたのです、あの池のなかに……」

あの池に？

それが——どうしたというのだろう？　こんな池に落ちたところで、それほど大事に至るはずがない。

池はひっそりと静まり返っている。昼間と同じだ。

そして——。

やはり昼間と同じようにその上のテラスに、人影が現れた。

「ヤティ、お部屋に入れて差し上げなさい」

その声は、真空を伝い、わたしの耳をそっと握った。

それが誰の声なのかは瞬時に理解できたはずなのに、わたしも夢センセもしばらく身動きしなかった。たぶん、動けなかったのだ。その声を認められなかったからだろう。

声の主は、まぎれもなく一色慶介その人だったのだ。

見上げたとき、満月に照らされたその人影の手には、ワイングラスが握られていた。そして、わたしは先ほどの声を思い返していた。一色氏の声は、まるで何かの祝杯でもあげているみたいに上機嫌だったのだ。

「行こう」と夢センセが言った。

センセ、とわたしは呼びかけた。でもセンセはそれに答えなかった。わたしはヤティさんの肩をさすった。

「行きましょうか」

だが、ヤティさんは震えるばかりで、そこから一歩も動き出さなかった。わたしはもう一度言った。

「行きましょう、ヤティさん」

ヤティさんはようやく観念した様子で歩きはじめた。足取りは重たかった。

蛇の体内を通って、大広間に出て、巨大な恐竜の骨の背後にある階段を上って二階へ向かう。そこが池の上のテラスへ通じる一色氏の寝室になっているようだった。

彼は陽気な笑顔でわたしたちを出迎えた。

「よく来たね、君たちには本当にいくら礼をしてもしたりないと思っていたんだ。こっちへ来て一緒に飲まないか？」

夢センセはそれを断って尋ねた。

「笙子さんはどこに？」

「笙子？　ああ、私の可哀想な妻のことだね？　彼女なら救急車で運ばれていった。少々、怪我をしたようなのでね」

「怪我を？」

「私がうっかり池に落としたコンタクトを拾ってくれようとしたんだ。自分の愛が変わっていないことを示そうとしたんだね、きっと」

「それで怪我を？」

「彼女は知らなかったようだ。あの池にはちょっと獰猛《どうもう》な魚たちを飼っていてね」

「つまり――怪我というのはその魚に噛まれた？」

「ああ、全身隈なく。暑い季節は彼らにとっても絶好の活動期間だ。手摺を越えるときに負傷して、血の匂いがしてしまったのは彼女にとって不幸だったな」

他人事のように淡々と彼は語った。その表情に浮かんだ恍惚の気配をわたしは見逃さなかった。そしてセンセもそれは同じだった。

「あなたにとっては不幸なことではなかったようだ」

センセの言及にも、一色氏は動じる様子はなかった。

「それについては、君がいちばんの理解者だと思うのだが、どうだろうか?」

「目には目を、なんて今どき流行《はや》らないよ。スマートじゃないな」

「成金にスマートさを求めないでくれ」

それから一色氏は空になったワイングラスを窓の外へと放り投げた。遠くのほうでバリンという音が聞こえた。岩にでも当たったのだろう。

「私は児童養護施設で育った。四歳の頃、母親とスーパーに行く途中で、ある建物の門の前で待っているように言われたんだ。言うとおりにしたさ。彼女の持っていた大きめのバッグを預けられて動けなかったというのもある。そうしたら、知らないおばさんがやってきて『今日からあなたはここで暮らすのよ』って言うじゃないか。驚いたね」

彼は遠い目をしていた。その視線の先に、在りし日が浮かんでいるかのように。そこにはあの張りついた微笑はなかった。

「母は私が寂しがらないように、彼女がいつもつけていた香水の壜を入れておいてくれた。今では製造されていない本物の麝香《じゃこう》をつかったものさ。やがて、その施設で育った私は、好きだった三つ年下の女の子にその香水をプレゼントした。いつもこの香水をつけてほしいってね。そうすればもっと深く彼女を愛せる気がしたし、実際、そのとおりだった。でも、その恋は長続きしなかった。児童養護施設の子どもには養父母がつくことがある。私もそうだし、彼女もそうだった。彼女は、『いつかあなたを捜す』と言っていたが、出て行ったのは私のほうが早かった。

そんなの子どもの約束じゃないか」

そこで、ふいに彼の表情はくもり、顔を両手で覆った。

「忘れてしまったんだよ、私は。君に言われるまで、ずっと忘れていたんだ、この話をね。私はいつか成功して金持ちになってやるという願望で頭がいっぱいになっていた。無我夢中だったよ。後ろを振り返る余裕なんかまるでなかった」

そこにいるのは、大きな喪失を抱いた哀れな男の姿だった。

「パーティーで出逢った女に心引かれた理由は私にはわからなかった。だが、とにかく運命を感じた。なぜかこの日のために自分はがむしゃらに生きてきたと思えたんだよ。まさか、それが香水の力だったなんてね。うまいこと騙されたよ」

するとーー夢センセは突然、ふっと笑みを浮かべてこう言った。

「はたしてそうかな？」

「どういう意味だ」

「どこから騙されていたのか、という線引きを見誤ると、大事なことを見落とすよ」

夢センセは、ニヤリと笑う。

「パーティー会場で彼女は言ったはずだ。『私と一緒になるために生まれた運命の人を捜し求めて、ここまで来てしまいました』と」

「……まさか……」

一色氏はその言葉にハッとしたように顔を上げた。

「そう。あのパーティー会場にいたのは本物なんだよ。彼女は児童養護施設を離れてからもずっと、あなたを捜し続けていたようだ。あなたは彼女の運命の人だから。そして、きっと新聞か何かであなたの活躍を知った。遥か遠いインドネシアの地で石油王になっているあなたに逢うために、彼女は二泊三日のツアーで現地に入るとすぐに油田関係者の男性に取り入った。そして、あの香水を施し、その日のために用意したファッションに着替えるとパーティーの入場用バッジを盗んで潜入した。ほら、VTRにも出てきた、会場で暴れたあの男性さ」

「あっ」とわたしは思わず声を洩らした。

あの男性がなぜ怒っていたのかの説明はなかった。だが、バッジをしていないのに「参加する権利がある」と主張していた事実を論理的に解明するならば、バッジをもともと所有していたと解釈するのは筋が通っているではないか。

「男が乱入してきたとき、あなたと一緒にいた彼女は、恐れるようにしてあなたに身体を寄せた。顔を知られているからだろう。咄嗟にあなたの胸に飛び込むことで顔を隠したんだ。あのパーティーは、彼女の一世一代の賭けだった。もしもこの世に運命と呼べるものがあるなら、それは今夜でなければならない。そう信じたかったから。

しかし、入口にいた男に気づかれ、その場を離れなければならなかった。あの男はあなたを指さしていたのではなく、彼女を指さしていたんだ」

わたしは一色氏の顔を見た。

彼の目には、虚脱感と切なさとが入り混じっていた。

「彼女の狙いどおり、あなたは彼女を夢中で捜した。信頼する執事にすべて手のうちを見せながら」

その言葉の意味することを、わたしはすぐには理解できなかった。ただ、振り返ってヤティさんの顔を確認した。ヤティさんは――さっきよりも具合が悪そうだった。

「あなたは、重要なところで人選を誤っていたわけだ」

「らしいね」

一色氏と夢センセには共通認識があるらしい。

やがて――夢センセはゆっくりとヤティさんを振り返った。

「笙子さんの言っていた〈手品師〉はあなたのことだね、ヤティさん？」

夢センセの言葉が――真実の扉に手をかけた。

ヤティさんは、焦点の合わぬ目を中空に向けている。

「笙子さんにとっては、突然現れて金持ち夫人への切符を手渡してくれた、まさに〈手品師〉だったに違いない。あなたは慶介さんから運命の女と出逢ったという告白を聞くと、まだ会場の近くにいたその女性に近づき、親切顔で彼女から事情を聞き出し、香水を奪ったうえで殺した。それから、その女性と容姿の似た日本人女性をその日のうちに安手のホテルで探して回った。ただし、背は幾分高かったようだけどね」

「そう。ヤティしかいない」と一色氏は静かに言った。「私は彼にしか自分の胸のうちを話していないんだからね」

夢センセはポケットから折りたたんだ新聞の記事を取り出した。

「これは昨日の朝刊の切り抜き。インドネシアで身元不明の日本人女性の死体が発見された。赤いドレスにヒールの高い靴を履いていたらしいよ」

一色氏の乾いた笑い声が室内に響き渡った。

彼は笑いながら言った。

「私は幸福だよ。こんなに用意周到な執事をもつなんてね」

わたしは今日の昼間のヤティさんの台詞《せりふ》を思い出した。

――このご結婚が旦那様を正しい方向へ導いてくださるとよいのですがね。

「ヤティさんはお香に似せたキョウチクトウを笙子さんから贈らせ、主人を亡き者にして笙子さんと遺産を山分けする約束でもしていたんだろう」

ヤティさんはぼそりぼそりとしゃべった。

「あなたは兄の土地を自分のものにしてしまった……あれは私がいずれもらい受けるはずの土地だったのに」

一色氏はその言葉を乾いた笑いで切り捨てた。

「奪ったんじゃない。買い取ったんだ。お兄さんも気が変わったんだろうな。そもそも、兄弟仲がよかったのか疑問だが」

ヤティさんは自分の兄の土地を奪還しようとして、失敗したのだ。

一色氏はにんまりとした表情でヤティさんを見ながら言った。

「心配するな。お前をクビになどしない。これからも仕え続けてもらうとも。死が訪れるその日まで。そうだ、今日からお前に素敵な個室を用意しよう。今与えている場所よりずっと広い。ただし、窓も照明もないがね」

ヤティさんは弱々しい笑みを浮かべてその場に膝をついた。

彼は、くぐもった笑い声を洩らした。やがてそれは大きな笑い声になり、嗚咽に変わった。

「我々がここにいる意味はない」と夢センセは言った。

わたしには判断がつかなかった。自分たちがどうするべきなのか。どうすることが正義なのか。センセはわたしの手を摑むと、強引に歩きはじめた。その冷たい手の感触に、わたしは成り行きをゆだねることにした。

「送ろうか」

背後から一色氏が呼びかけた。センセはその言葉に一度だけ足を止め、振り返らずに答えた。

「いや、結構。この屋敷を一歩出たら最後、ここでの出来事はきれいさっぱり忘れたい」

「君の脳味噌はそんなに都合がいいのか?」

「失われた時を求めない主義なんだ」

「羨ましいよ」

「俺もあなたが羨ましいよ。何十年も思い続けてくれた彼女がいるなんてね。今宵は彼女の残り香を楽しむといい」

それから、何も言わずに夢センセは歩き出した。センセの手はわたしの手を握ったままだった。引きずられるようにして、わたしも部屋を出た。

エントランスのドアを開くと、初夏の風が顔を撫でた。夢センセは、右手に見える池を見つめながら言った。

「あの池を最初に見たとき、一色氏は魚に餌をやっていたね。あのときにおやと思ったんだ。餌が動いているように見えたから」

「え……動いていたんですか？」

わたしは頭のなかでリプレイしてみた。でも、その記憶には靄《もや》がかかっていた。ただ、微かに奇声のようなものが混じったことだけは記憶していた。

「たぶんネズミかモルモットの子どもだったんだろう」

鳥肌が立った。一瞬、池のほうからちゃぽんと音がして、水面に波紋が広がった。肉を常食とする魚たちが、こちらの会話に神経を集中させていたのかもしれない。

「彼はコンタクトなんか落としていなかったんだろう」

「嘘をついたってことですか？」

「笙子さんに別れ話を持ち出し、その最中に池にコンタクトを落としたと言えば、彼女は自分の愛が本物である証《あかし》を必死で見せようとして池に飛び込むだろうからね」

わたしは、ニセモノが必死の形相で本物を演じ続ける姿を想像した。それは、滑稽でもあり、恐ろしくもあった。笙子さんの夢見がちな表情を思い浮かべると、彼女にとって絵空事の世界と現実とが地続きだったであろうことは容易に想像ができた。彼女は、夢を現実にした。そして、それを手放したくなくて必死になったのだ。

門を出てから、タクシーを拾えそうな大通りまで歩くあいだ、わたしは邸宅を出たところで夢センセに離された左の掌をじっと見つめていた。夢センセはわたしの少し前を歩きながら言った。

「シンデレラも見分け方を間違えればまがい物が入り込む。ひどい言い方をすれば、正確に選べなかった一色氏の自業自得でもある」

「そういうものですかね……」

「小説家だってある意味そうかもしれないな」

「……どういう意味ですか？」

「君たちが選び方を間違えれば、ニセモノも紛れ込む。俺がニセモノだったら、どうする？」

「どうするって……」

「まあ、たとえそうでも、責任は俺じゃなくて編集者にあるけどね」

夢センセは歩きながら笑った。センセらしくない大きな笑い声だった。まるで、また元の甘い笑顔の似合う恋愛作家、夢宮宇多に戻ろうとして失敗したみたいに見えた。

わたしは、夢センセの処女作『彼女』のことを思い出していた。

物語はこんな満月の夜に始まるのだ。

ヒロインの〈涙子〉は、結婚後も高校時代のクラスメイトだった〈本木〉に恋心を抱いているが、その思いは彼女という小宇宙を彷徨《さまよ》うだけで、一歩も外に出ることはない。けれど、そんな〈涙子〉の内面を知らない〈本木〉は、軽井沢《かるいざわ》で夫と余暇を過ごしていた彼女との再会をきっかけに急接近してくる。人の妻として落ち着こうとしている〈涙子〉の心に静かな嵐が訪れる。

わたしは、夢センセがさっき帰り際に一色氏に言った言葉を思い出していた。

――俺もあなたが羨ましいよ。何十年も思い続けてくれた彼女がいるなんてね。

あれは――本音なのではないだろうか。

「ガラスの靴と同じく、彼女の残した香水壜は〈王子さま〉のもとに帰ってきた。一色氏は、今夜その香りを肺の奥まで深く吸い込むだろう。そして、悶《もだ》え苦しむはずだ。もはやどこにもいないシンデレラの幻影に。それこそが、唯一の彼に課された刑罰になるだろう」

そして、それは永遠に続く、と夢センセは言った。

あなたはどうなのですか、とわたしは心で問いかけた。今も結婚してしまった〈シンデレラ〉を思って悶え苦しんでいるのではないのですか、と。でも、その疑問は口からは飛び出さなかった。

もう一つ——。先日電話帳で、『彼女』の結末で未亡人になったヒロインと同姓同名の人物が、夢センセのいる〈ホテルオーハラ〉の近くに住んでいるのを発見したことも。

椰子の樹の並木道は、正面に立ちはだかる満月へと誘《いざな》うかのようにえんえんと続いている。

——俺がニセモノだったら、どうする？

なぜかその言葉が妙に耳に残っていた。夢センセの作品のなかに彼の影を感じるのに、同時に彼が恋愛小説の書き手であることに疑問を抱いている自分がいた。

夢センセ、あなたは何者ですか？

脳裏に湧くその疑問を追い払うようにして、ニセモノのシンデレラを処罰したあとの王子さまの物語を夢想してみた。

その夜、王子さまはガラスの靴を抱いて眠るのだろうか？

きっとそうに違いない。

夢センセの言うとおり、主役はガラスの靴でしたね。

目を閉じ、鼻をくんくんと動かす。

夜風に混じって、漂ってくるような気がした。

遠い異国の地で果てた——シンデレラの残り香が。

第二話　眠り姫の目覚め

1

　その日は、お盆前ということもあって朝から仕事が立て込んでいた。俗に言う〈お盆進行〉。出版《しゅっぱん》社のスケジュールを決定しているのは、印刷会社のスケジュールであり、印刷会社が「この日からお盆休みです」と言ったら、そこからは本が出せない。

　そのため、普段は一か月でやっている仕事を二十日程度に詰めて行《おこ》なうわけで、土日返上の地獄日程で奔走せねば間に合わないのである。

　そして――新米編集者のわたしは、死力を尽くして飛び回る先輩編集者たちの雑務を一手に引き受けながら、その合間合間に夢センセが送りつけてきた新しいプロットを睨みつけて唸《うな》り声を上げていた。

　編集部のエアコンはフィルターの掃除を怠っているせいか、喫煙者が多いのに分煙が進んでいないのが原因なのか、とにかく利きが悪い。汗ばみながら鬼の形相で文字を追っていると、本当に釜茹でにされた赤鬼にでもなったようだ。

　今回のプロットもまたひどい代物だった。前二回のプロットはミステリになっていたから論外だが、今回は恋愛ものの衣を纏《まと》ったまったく別の何かを読まされている感じが拭えなかった。

　ヒロイン静子《しずこ》は乗馬クラブで知り合った大河原《おおがわら》侯爵に恋をし、めでたく結ばれる。ところが、じつは静子はひっそりと愛人をかくまっているのだ。侯爵には絶対バレないと確信する静子。やがて、徐々に不審の目が静子に向けられはじめるが、浮気の証拠は見つからない。それもそのはずだ。静子の恋人は巨大な椅子の内部に入り込んで大河原邸に潜んでいたのだから——。

読みようによっては、静子と〈人間椅子《にんげんいす》〉の恋模様と、それを執拗に追及していく大河原侯爵の三角関係を描くラブサスペンスと読めなくもない。

しかし——〈人間椅子〉はない。この時代に〈侯爵〉というのも解せないが、それはまあ百歩譲るにしても、〈人間椅子〉はダメだ。それに何より、デビュー作『彼女《かのじょ》』に見られた気品のようなものが、このプロットからは完全に抜け落ちていた。

「ちょっと夢《ゆめ》センセのところに行ってきます！」

わたしの勢いに、編集部の全員が顔を上げた。

「え？　今からか？　お前、今夜は……」

編集長が何かを言いかけたが、それどころではない。わたしは彼が最後まで言い終わらぬうちに編集部を飛び出した。向かう先は虎《とら》ノ門《もん》にある〈ホテルオーハラ〉。その411ルームに、夢センセは宿泊している。

夢センセは日中、大抵、携帯電話の電源を切っている。何か伝えたければホテルに連絡するか直接訪れるかしかないのだ。出版社から虎ノ門までさほど距離がないのは幸いだった。わたしは炎天下に別れを告げ、地下鉄の階段を下りた。

それに──わたしにはもう一つの目的があったのだ。

ホテルはもぬけの殻だった。

「出かけた？　いつ頃ですか？」

〈ホテルオーハラ〉のフロントスタッフの男性は微笑んで答えた。

「さようでございますね。つい先ほどでしょうか」

おのれ仕事もせずに……いや、プロットを出したから仕事がないということか。

わたしは諦めてホテルをあとにすると、同じ虎ノ門で別件の用事を一つ済ませて、大人しく帰社した。

ところが──何やら編集部が慌ただしい。

「どうしたんですか？」

小池《こいけ》編集長は呆れ顔でわたしに言った。

「今日は〈浜本《はまもと》恋愛文学新人賞〉の授賞式じゃないか」

〈浜本恋愛文学新人賞〉はティアーズ出版主催の新人賞で、いわば恋愛作家の登竜門である。だが、それがどうしたというのだろう？

「他社さんの賞がうちと関係あるんですか？」

「大ありだ。他社さんの新人作家にも次はうちで書いてもらうかもしれないんだから、まず最初に名刺交換をして連絡先を摑んでおくのさ。受賞作がつまらなきゃ連絡とらなければいい」

無常観漂うお言葉だ。出版界は表面の穏やかな顔とは裏腹にシビアな一面をもっている。

「で、さっき出がけに言いかけたんだが、社会勉強をかねて受賞パーティーに顔を出してこい。他社の空気に触れるいいチャンスだ」

そう、実はまだ入社数か月の新米編集者の我が身。肩書きを手に入れただけで、編集者の何たるかもわかっていないのだ。わたしは、先輩方に頼まれた雑務で山積みになったデスクを恨めしそうに見下ろしながらも、「わかりました」と答えた。

しかし、このときのわたしはまだ知らなかった。

そこで自分が憧れ続けたある人物と再会を果たすことを。

2

「ちょっとあなた」

白髪の老女に背後から声をかけられたのは、〈東京鶴亀館《とうきょうつるかめかん》〉のゲートを潜り、日本庭園を通過して回転扉に辿り着いた辺りでのことだった。あでやかな着物姿のご婦人は、いかにもこの由緒ある老舗《しにせ》ホテルに相応《ふさわ》しい。

「そこを通していただけない？」

車椅子に乗った彼女の背後に立っているボーイは、申し訳なさそうに深々とこちらに頭を下げた。二人が中に入り、姿が見えなくなるのを待ってから、一緒に来た編集部の安田《やすだ》さんが言った。

「このホテルを家のように使ってる年寄りっていまだにいるんだなあ。もてなしもいいから、老人ホームより居心地いいのかもな」

「たしかに、好き放題にさせているふうでしたね」

「そういう世界なのさ。腐っても鯛。今はかなり経営も苦しいようだが、それでも昔からの顧客を大事にすることで何とかもってる」

ここ銀座《ぎんざ》にある〈東京鶴亀館〉は、政治家の会談や皇室のイベントをはじめ富裕層の冠婚葬祭などにもよく用いられることで知られる。純白の建物のなかに赤い支柱が効果的に配された佇まいは、さながら白鶴を思わせる。

よく手入れされた日本庭園に別れを告げ、回転扉からロビーに入った。

一階から三階までには計十もの宴会場が存在するほか、四階から八階までは宿泊施設になっているらしい。ワインレッドのカーペットを敷き詰めたロビーには、壁一面に孔雀の描かれた日本画が飾られ、中央にある巨大な壺では四季折々の花々が色とりどりの饗宴を繰り広げ、天井近くまで顔を伸ばしてゲストを迎えていた。

仕事でこんな浮世離れした豪奢な空間に足を踏み入れられる幸福に、〈編集者って素敵〉と微《かす》かに心が躍った。

〈浜本恋愛文学新人賞〉の授賞式会場は二階の〈露草の間《つゆくさのま》〉のようだ。二人で正面のエスカレータに乗り、二階ラウンジへ。まだ開場前とあって人だかりができている。歴史あるこの賞は、今回で三十七回を数える。浜本敦《あつし》なる恋愛作家の功績を称えて設立された賞であり、設立に尽力したのは、長らく文壇の厄介者として煙たがられながら今年の春ついに他界した宇部審爾《うべしんじ》氏である。その宇部氏が死の床で推したのが、今回の受賞作だったらしい。選考代理として入った、ご子息にして賞の支援者である人物が、その遺志を継いで受賞を決定したそうだ。

「好色家で知られる宇部さんが亡くなったあとでよかったよ。絶対宇部さん手を出してたはずだから」

宇部審爾にまつわる噂なら、この業界に入る前から週刊誌などで知ってはいる。お相手はどれも主演級の女優や大物アイドル歌手ばかりだったというから、相当な面食いなのだろう。その彼の食指が動いた可能性があるとなると、受賞者の風貌が気になってくる。

「そんなにきれいな人なんですか？　受賞者は」

わたしは、安田さんに尋ねた。彼は白い顔にほとんどない無精髭《ひげ》を指でいじりながら、本革のソファに腰を下ろした。

「この人」と言って安田さんは雑誌の切り抜き写真を見せた。そこに写っているのは目の醒めるようなきれいな造作をした女性だった。薄幸そうでいて、どこか芯の強いところを感じさせる。

「仮谷《かりや》紡花《つむはな》。二十二歳。その名前に似合わずかなりの美人だろ？」

『源氏物語《げんじものがたり》』の末摘花《すえつむはな》でも想起しての発言だろうか。安田さんは続ける。

「彼女の母親はその昔は有名なシンガーソングライターだった。ブルーベル礼子《れいこ》と言えば、名前くらい知ってるだろ？」

「知りません。安田さん、わたし、けっこう若いんですよ」

「ああ……そうだっけ」

親の世代のシンガーソングライターなど知らない。だが、安田さんが調子外れの声で「愛を恐れなさい、毒を恐れなさい」と歌い出すのを聴くに及んで、昔、母が台所で口ずさんでいたのを思い出した。

「その曲なら知ってます。タイトルは――」

「『ジナイーダ』。ツルゲーネフの『初恋《はつこい》』に出てくるヒロインの名前だよ。この曲からわかるとおりブルーベル礼子は文学通なはずなんだけど、どうも仮谷女史の受賞直後のインタビュー記事を見ると、自宅に一冊も本がない、かなり変わった環境で育ったようだね」

「え……お母さんの本もなかったんでしょうか？」

「詳しいことはわからないが、小説と呼ばれるものは小さい頃から家の中にいっさいなかったって書いてあったから、そうなんだろうな。ブルーベル礼子も結婚と同時に本を売り払いでもしたんだろう」

そんなものだろうか？　自分が本の虫だからか、本を売り払うという概念がわからない。

「高校卒業後はずっと引きこもって家にいたらしいが、三年前に父親が死んでから執筆を開始し、受賞に至った。そして、騒がれているのにはもう一つ理由がある」

「何ですか？」

「彼女は今回の受賞がきっかけで、宇部審爾の子息と出逢い、すぐに意気投合して婚約にまでこぎつけた。今宵はその婚約発表の場でもあるんだよ。ほら、だからこのカメラの行列ってわけ」

ラウンジを見渡すと、すでに大勢のカメラマンが詰めかけている。

「これ、やっぱり普通じゃないんですね？」

「こんな大勢は珍しいよ。プロの文学賞なら話はべつだけどね」

彼が言っているのは直木《なおき》賞や芥川《あくたがわ》賞のようなすでにプロとして執筆している作家の作品に与えられる文学賞のことだろう。たしかに、その手の賞ならテレビでも会見を見たことがある。

しかし――それにしても騒ぎすぎではないのか。

「大御所作家の息子と新人作家が結婚するってだけで、こんなに騒がれるんですか？」

「そうか、世間には公表されてないもんなあ」

安田さんは一人で合点がいったようにそう言って、前方を指さした。

「ほら、あれが誰かわかるだろう？」

あれ――。

彼がそう言って指さしたのは、よく日に焼けた肌に艶やかな黒髪をなびかせた長身の男性だった。

わたしはその男を知っていた。よく、知っていた。

トレンディドラマの人気俳優、沖笛謙《おきふえけん》だ。

「沖笛謙――あの人が……どうしてここに？」

「親の七光がいやだからという理由で苗字を変えてるけど、彼、宇部審爾の息子なんだ」

頭の中が真っ白になった。

沖笛謙は、わたしの高校時代のすべてだったのだ。

カメラマンがいっせいに沖笛謙の周辺に集まった。彼はにこやかにそれに応え、手を振った。カメラのシャッターにきらりと光る白い歯が、まぶしかった。

青春が、そこで微笑んでいた。

3

わたしが高校生の頃、ドラマ『太陽《たいよう》とラブソング』に始まる〈太陽シリーズ〉で、海辺のサーファー刑事役で初主演を果たしたのが、沖笛謙だった。

危険な匂いをさせる沖笛が、さらに危険な事態へと果敢に挑んでいく姿は、当時十代の女性から圧倒的な支持を受けていた。

「沖笛さんが、結婚を？」

「ひと目惚れだってさ。すごい話だろ？　彼女は大人になってからは、受賞するまで家の外に出たことがないと言っても過言ではない。世間じゃ、王子を射止めたニート嬢を〈眠《ねむ》れる森《もり》の美女《びじょ》〉なんて言ってる」

〈眠れる森の美女〉——そう言われて、わたしの記憶は当然のごとく、あのよく知られた御伽噺《おとぎばなし》へと向かう。

『眠れる森の美女』と言えば、ロマンティックな御伽噺の代表格である。

ある国で王女が生まれ、パーティーが催されるが、その場に招かれなかった妖精が怒り、王女は十五歳になったときに死ぬという呪いをかける。すぐにその呪いをべつの妖精が百年後に目覚めるというものに塗り替える。

やがて成長した王女は十五歳のときに城のなかで糸車の紡錘《つむ》で手を刺し、そのまま深い眠りに就く。ちょうど魔法が切れた百年後、王子が茨に覆われた城にやってきて王女を助け出し、二人はめでたく結婚する。

幼心に、眠っている間の王子様の到来に憧れたものだが、大人になってみると、御伽噺とはいえ都合のよすぎる話だなと思ったりもする。でも、その都合のよいエピソードが、現実の世界にもあったということか。

沖笛謙は前髪をかき上げながら白い歯を煌《きら》めかせて取り巻きの集団と何やら雑談をかわしていた。実際に目の当たりにすると、テレビの向こう側に見ていたよりもずっとスタイルが良く、神々しさは増すばかりだった。

そのとき——沖笛謙が思いがけずこちらへやってきた。

判断力が停止中だったわたしは、ただぼんやりと彼の口元に浮かぶ笑みを見ていた。

「謙君。元気？」

そう声をかけたのは、何と我らが安田先輩。

「え……け、けけけけ謙、君？」

目を丸くしているわたしに不審げな顔を向けつつ、安田先輩は説明してくれた。

「ん？　ああ、ほら、宇部審爾先生がうちでも本を出してたから、彼とは顔見知りなんだ。

謙君、紹介しよう。うちの新人編集者の井上月子《いのうえつきこ》。どうやら君のファンらしいよ」

目の前で、かつてのわたしの「太陽」が微笑んでいた。

「初めまして。御社には父がたいへんお世話になりました」

わたしは——血液がすべて脳天に集中するのではと心配になった。言葉は何も出てこなかった。

「式の始まる六時まであと四十分ありますから、どうぞ寛《くつろ》いでいてください」

彼はそう言い残すと、慌ただしくほかのゲストの接待へ向かった。

「編集者になってよかったです……」

わたしは目からあふれ出る涙を拭いもせずにぼうっとその後ろ姿を見送りながら言った。

「……よかったね」

安田さんの冷たい視線なんて全然気にならない。

ところが、その直後に涙を一瞬で乾かす魔の声が降ってきた。

「両手を挙げろ」背中に、硬質なものを押し当てられている。「公衆の面前で感動のあまり泣き出した罪で署まで同行願おうか」

え？　振り返った。

身体にフィットした細身のパンツ、派手な花柄のワイシャツ姿。白い肌と温度の低い目——夢宮宇多《ゆめみやうた》がそこにいた。

「そんな罪状で警察にしょっ引かれたりしませんから！」

夢センセは、ふふっと笑うと、「ばっきゅーん」、指の拳銃でわたしの脳天を撃ちぬいた。

「うっ……」

撃たれたふりをしてから、思い出した。

「ってそんなことやってる場合じゃないですよ！　何してるんですか、こんなところで！」

まさかここで、さきほどまで捜し求めていた男に出会おうとは。

「ティアーズ出版に招かれたんだよ。今度執筆頼まれてるから」

デビュー作が新人にしてはよく売れた結果、夢センセの才能に目をつけ、各社が執筆のオファーを出していることは知っていた。だが、受賞後第一作はうちから、というのは決まりきっている話。

そして——このままでは次作が出ないかもしれない危機的状況なのだ。こんなところで油を売っている場合ではない。

キッと眉を吊り上げて夢センセを見る。

「今お時間いただけますか？　プロットの件でお話ししたいことが」

「無理。別件で打合せだから」

ひらひらと手を振ると、夢センセは編集者らしき男性と共に行ってしまった。安田さんに肩を叩かれた。

「まあ焦るなよ。授賞式の最中にでも近づいて話せばいいんだから」

「……ですね」

「じゃ、俺も接待してくるから、あとは一人で頑張って」

安田さんはそう言うと、担当作家のもとへと旅立ってしまった。残されたわたしは、ダンスのパートナーにあぶれた女のように元のソファに腰かけてぼんやりと行き交う人々を眺めていた。まだ入社して数か月のわたしには知り合いの編集者も作家もほとんどいない。

それにしても——まさか沖笛謙に出逢うとは……。

思いは再びそこへ帰っていく。

神様の意地悪ぶりには別の涙が出てくる。完全に油断していた。授賞式に参加することも考えずに出社したため、よれたデニムに大学時代から着ているシャツという冴えない出立ち。ツイていないにもほどがある。もちろんめかし込んでいたところで何か効果があるわけではないのだけれど。

そのとき——一人の女性が、エスカレータで二階に上がってきた。目立たない服を着て眼鏡をかけた、地味な事務員か文具店の店員か。一見そんなふうに見えた。

だが、気になって見ていると、わたしはそれが誰なのかに気づいた。あまりに地味な雰囲気に誰もまだ気づいていなかったが、それはたしかにさっき安田さんに見せてもらった雑誌の切り抜きに写っていた女性——仮谷紡花だったのだ。

白くほっそりとした容姿に、背負いきれない大きな運命を担わされているような悲壮な眼差し。思わず守ってあげたくなるような可憐な乙女が、背を丸めた姿勢で、まっすぐ正面のエスカレータに向かい、そのまま三階へ上がっていった。

授賞式まで、あと三十五分。あの服装のまま再登場するとも思えない。恐らく上のホテル階に部屋をとっているのであろう。どんな変身を遂げて出てくるのか、少し楽しみになってきた。

わたしは周囲を見回した。タキシードにネクタイ姿の男性陣、色とりどりのドレスを纏った薔薇の精のごとき女性陣——晴雲《せいうん》出版の〈ラブンガク大賞〉とは雰囲気がだいぶ違う。これもマスコミの多さを意識したためか。

それから、もう一度自分のみすぼらしい恰好を見た。ダメだ。これはいくら何でも無理。給料日直前ではないから、財布はまだ多少潤っている。ホテルのすぐ横に婦人服店があったことを思い出す。

善は急げ。青春の一ページのサヨナラ記念日なのだ。

わたしは脱兎のごとく駆け出した。

4

更衣室は三階だとフロントスタッフに言われ、購入したドレスを持って急ぎ駆け上がる。時刻は五時四十五分。自分史上最速の買い物だが、悪くない。くだけすぎない黒のスーツドレス。これなら、問題はないはずだ。

三階まではエレベータがなく、このエスカレータが唯一の昇降手段だ。上った先のすぐ右手にはエレベータが見える。四階のホテル階へはそこからしか上がれないようだ。

そのエレベータの手前で男性が手摺に寄りかかって階下を見下ろしていた。

沖笛謙。

また逢ってしまった。まだ着替えていないのに……。

ところが、彼は私のほうをちらりと見たが、先ほど逢ったことを忘れているようだった。芸能界できれいな女性を見慣れているのだから、平凡な容貌のわたしを覚えていないとしても仕方ない。むしろ助かった。

再会はドレスアップしてからでなくては。いそいそと更衣室に入る。

わたしの部屋よりよほど面積が広い更衣室で、落ち着かない気持ちで着替えはじめた。着替えには昔から時間のかからないタイプだが、馴れないドレスを着込むにはそれなりの時間を要した。どうにか支度が完了して時計を見ると、開始五分前。

急いで飛び出すと、まだ同じ場所に沖笛謙がいた。運命はわたしに味方しているようだ。

彼は忙《せわ》しなくとんとんと爪先を上下させている。

誰かを待っているのかしら？

仮谷女史がすでに到着していることを知らないのかもしれない。教えてあげるべきだろうか。でも、ただのおせっかい？

迷っていると、沖笛謙の携帯電話が鳴って、彼は電話に出た。携帯電話を片手に持ったスーツ姿は、一流ビジネスマンの役柄も似合いそうだ。やはりわたしの青春の一ページは黄金級だわ、とそんなことを思っている間にも彼のほうは通話を終えて、そそくさとエスカレータで下りて行ってしまう。

ハッと我に返り、慌てて彼のあとを追うようにして二階へ下りる。もう〈露草の間〉の前はフォーマルな服装の人々であふれかえっていた。

エスカレータを下りたところで、どん、と壁に当たった。

「きゃっ、ごめんなさい」

よそ見をして、ぶつかった対象を確認する。

思わず、顔が赤くなってしまった。先ほどまでいつものスタイルだった夢センセが、白と黒の正装に様変わりしていた。そのフォーマルなスタイルがセンセの甘いルックスをよく引き立てている。

彼はわたしに一瞥《いちべつ》をくれると、シニカルな笑みを浮かべた。

「おやおや、おきれいだこと」

「……何か嫌味っぽいのは気のせいですか？」

「いや、最近の婚活も大変だなって思ってね」

「だ……誰が婚活なんかしますか！　夢センセだって、そんな恰好しちゃって！」

「俺はむしろ地味にしてるんだよ。主役より目立たないようにね。君とは全然主旨が違うと思うけど？」

むう……言い返せない。悔しい。

「それはそうと、あのプロット、何ですか？」

「気に入らなかった？　江戸川乱歩《えどがわらんぽ》オマージュの恋愛小説」

「……それ、どこに需要があるんですか？」

「俺に」話にならない。「『化人幻戯《けにんげんぎ》』に『人間椅子』、あと、『お勢登場《せいとうじょう》』とか『人《ひと》でなしの恋《こい》』なんかも混ぜて……」

「もうけっこうです。いいですか、出版のタイミングを考えると、本当に次がラストイニングになりますからね。お願いします」

ふうん、と言いながら夢センセはわたしの恰好を見て言った。

「どうでもいいけど、その恰好、君が思ってるよりは似合ってるよ」

「それ失礼ですよ……べつに、似合ってないと思ってませんし。というかそんな発言でわたしを煙《けむ》に巻こうとしても……」

「いよいよ入れるみたいだ。行こうか」

そう言ったときの夢センセは、すでに優雅で気品に満ちた恋愛小説家、夢宮宇多の仮面に戻っていた。

「行こうかって……あのですね、話が終わってませんよ！」

夢センセはそっと耳打ちした。

「わかったわかった、ベタベタの甘ーいケーキみたいなプロット書けばいいんだろ？」

そう言い捨てて、夢センセはタキシードの群れに紛れてしまった。

わたしは大きな溜息をついて、すぐにそのあとを追いかけた。

全然わかっていない。わたしが、受賞作『彼女』を初めて読んだとき、どれほどその文章に惚れ込んだのかを。

それは、高校時代に沖笛謙をブラウン管のなかに発見したときのような興奮だった。

決して「ベタベタ甘いラブストーリー」を期待しているわけではない。ただ、彼にしか作り出せない、人を酔わせるあの空気をもう一度感じさせてほしいだけなのだ。

それなのに──。

と、そのときわたしの脳裏に一色邸《いっしき》からの帰りに彼に言われた言葉が浮かんだ。

──君たちが選び方を間違えれば、ニセモノも紛れ込む。

あれは――どういう意味だったのだろう？

思い返してみると、夢センセは暗に自分がニセモノだと仄《ほの》めかそうとしていたように思えてくる。それは、二作目が書けない「一発屋」だと自分を卑下しての発言なのだろうか？　それとも――。

あれこれと思いを巡らしていると、壇上の違和感に気づいた。

仮谷紡花がいないのだ。どうして？

不審に思うわたしの心中をよそに、司会が話しはじめた。

「本日はお集まりいただき、ありがとうございます。プログラム変更のお知らせがございます。初めに賞の贈呈と受賞者のご挨拶を予定しておりましたが、あいにく受賞者の仮谷紡花さんがこちらに到着されておりませんので、先にご歓談のお時間をとりたいと思います」

仮谷紡花が、まだ到着していない？　そんなわけがない。わたしはこの目で見たのだ。

彼女はすでにこの〈東京鶴亀館〉に到着している。

それなのに――なぜ仮谷紡花はこの場に現れないのだろう？

いつの間にか再び現れた夢センセは給仕のトレーから赤ワインの注がれたグラスをさっと二つとると、片方をわたしに差し出した。

「〈眠り姫〉はまた眠たくなったのかな？」

どうやら仮谷女史が現れないことを言い表しているようだ。

「でもさっきホテルのエスカレータを上がってくる彼女を見ました」

するど、夢センセは考え込むように「ふうん」と言って黙った。

「それじゃあ、目覚めてるはずの〈眠り姫〉が姿を現せない理由があるんだな」

「現せない理由？」

「少なくとも、『眠れる森の美女』ではそうなんだよ」

何だ、物語の話か。小説家というのは現実の話をしていたかと思うと突然虚構の話にすり替わっていたりする。厄介な生き物なのだ。

「これは現実であって、御伽の世界の話じゃありませんよ」

そう言い返しながらも、わたしは——奇妙な胸騒ぎを覚えた。

これだけ混雑していても、周囲より背丈が頭一つ分高い沖笛謙はすぐに見つけることができた。会場の中央で、彼は夕立前の空のような落ち着かない表情で、ワインを飲み干していた。その姿が、なぜかわたしの胸騒ぎをいっそうかき立てる。

5

パーティー開始数分で〈露草の間〉は超満員になった。

文壇の社交の場は自社で経験があったものの、ここまでの煌びやかさはなかった。招かれている人の顔ぶれに芸能人やら政財界関係者が多く、それに群がるお取り巻きがいる時点でおのずと通常の文壇パーティーとは異なる。

歓談の時間を使って、わたしは安田さんを介して幾人かの編集者と名刺交換をしたり、前々から目をつけていた小説家にコンタクトをとったりと、それなりに楽しく、充実した時間を過ごした。有意義な出会いあり、不快な出会いありの濃密な十五分が過ぎると、さすがに疲労感を覚えた。何より、そこで入手した夢センセに関する思わぬ情報が、わたしにカウンターパンチを喰らわせたのだ。

うわの空のままワインを注ぎに現れた男性に軽く会釈をして、夢センセを捜そうと周囲に視線を走らせていると、背の高い男性が突然そばにやってきた。

「あなたは——先ほどの、月子嬢? いやはや、見違えましたね」

相手の顔を見上げて、あっと声を上げそうになった。

わたしに話しかけていたのは——沖笛謙その人だった。

「わわわわわ、す、すみません、あの……じつはわたし、沖笛さんの長年のファンで……あの、ええと……」

何も言葉が出てこない。沖笛謙はそんな反応には慣れているのか、優雅に笑って固く握手をしてくれた。

「とにかく、いつも応援ありがとうございます」

頭が真っ白になり、それでも何とか会話をつなごうとした。

「あの、先ほど三階でもお見かけしたのですが、お気づきにならなかったみたいで……」

「三階？　ああ、見られていたんですね」よくあることなのか、大人な笑みを浮かべて答える。

「芸能人にプライベートはないなあ」

「すみません。見るつもりもなかったんですけど……」

「冗談ですよ。本当のことを言うと、大事な仕事の電話をとり損ないたくなかったから、授賞式が始まるまでは喧騒から離れていただけなんです」

たしかに彼は携帯電話で通話してから階下に下りて行った。

「わたし、てっきり三階で仮谷紡花さんと待ち合わせでもされているのかと思ってました。彼女もちょっと前にホテルに着きましたよね？」

すると——突然彼の顔色が変わった。

「彼女を見たんですか？」

「……ええ。入ってくるのを」

「それじゃあ、彼女はこのホテルに来ているんですね？」

「ええ……たぶん」

「なぜ姿を見せないんだろう？」

仕事の電話というのは嘘で、本当は仮谷女史を待っていたに違いない。

「携帯で連絡はとられましたか？」

「それが——電源がオフになっていてつながらないんです」

やはり、問題が起こっているのだ。彼女と連絡がつかないようなトラブルが。

しばし考え込むふうに黙っていると、小太りなマネージャーらしき女性が近づいてきた。携帯電話で彼を二階へ呼び戻したのも彼女なのだろう。彼女は小声で言った。

「ご伝言で、パーティーが始まり次第、お部屋へ来てほしいそうです」

「わかった、すぐ向かおう」それから彼はこちらを見てすまなそうに言った。「母はこのホテルの株を半分以上所有していましてね。自宅気取りでわがまま放題。困ったものです。ちょっと失礼しますね――」

彼はお手上げのジェスチャーをすると、遅れてやってきたらしい母親の相手をするべくその場を離れていった。

わたしは夢見心地のまま彼を笑顔で見送った。

それから数秒後、ようやく現実に戻る決心のついたわたしは、仕方なく夢センセを再び捜しはじめた。だが、仮谷紡花の不在という疑問は心に残されたままだった。沖笛氏も訝《いぶか》っているようだったし、このまま受賞者が現れないのではパーティーが成立しない。どうなるのだろうかと場内でも至るところで不審がる声が上がっていた。

しかし――結局、仮谷女史が〈露草の間〉に姿を現すことはなかった。

6

受賞者・仮谷紡花が最後まで姿を現さないという異例の事態のなか、受賞パーティーは閉幕となった。ティアーズ出版の社長は、報道陣に謝罪の言葉を述べつつ、本日発売となったらしい仮谷紡花の受賞作『針《はり》と糸《いと》、百年《ひゃくねん》の恋《こい》』を配布した。

「二次会へは行きますか？」

わたしが夢センセと打合せの約束を取りつけようと辺りを捜していると、沖笛謙に話しかけられた。

「紡花がドタキャンをしてしまって多くの方にご迷惑をおかけしました。ご都合がよかったら、ぜひいらしてください」

舞い上がらなかったと言えば嘘になる。雲の上、いや月の上の御仁が一介の編集者に心優しい言葉をかけてくれるなんて、夢また夢の三途の川だ。デスクに仕事が山積みだろうと何とかなるさという気分になってきた。

「ありがとうございます。打合せが終わり次第向かわせていただきます」

「よかった。場所がわかりにくいので、お仕事が終わったらご連絡ください」

名刺を寄越し、立ち去る沖笛謙の後ろ姿は、映画の一コマになりそうなくらいにダンディだった。

その背中に――突如毒を含んだ言葉が浴びせられた。

「ずいぶんと暢気《のんき》な王子様がいたもんだな」

発信者は――夢センセだった。

「誰ですか、あなたは？」

沖笛謙は振り返り、憮然とした表情で尋ねた。夢センセは臆するでもなく、肩をすくめながら答えた。

「恋愛小説家の夢宮宇多だよ」

「私の、どのへんが暢気なのかな？」

「見たままじゃない？　本日の主役であるフィアンセが授賞式に現れなかったのに、二次会に顔を出す。これが暢気じゃなくて何だろう。間抜け？　頓馬《とんま》？　ああ馬鹿ってのもあるな」

「口を謹《つつ》しみたまえ……！」

「ゆ、夢センセ！　いい加減にしてください！」

わたしは間に入り、夢センセを押さえながら沖笛謙に頭を下げた。彼はすぐに気を取り直し、こう言った。

「賞支援者の苦労などあなたにはわからないよ、新米作家さん」

襟を正すと、沖笛氏は颯爽と歩き去った。その姿が見えなくなるのを確認してから、夢センセに向き直った。

「さあ、ニヤけ顔の編集者からシマりのない説教でも聞くかな」

「烈火のごとき説教、の間違いじゃないですか？」

嚙みつくような勢いでそう言ったが、夢センセは微笑を湛《たた》えてわたしを見つめ、紳士然とした調子で手を差し出した。

「それでは打合せ会場までご案内しようか、月子嬢」

恋愛作家、夢宮宇多の表向きの甘い笑顔。ああ、まだここはパブリックな空間なのだ。わたしは収まらぬ腹の虫を無理やり鎮めた。

アルコールが入っているせいだろうか。いつもより何割増しか夢センセの声がエレガントに聴こえ、容姿が三割増しで端麗に見えたのも、怒りを収めるのに役立った。

夢センセに手を引かれ、エスカレータを下りはじめた。

この気品ある仮面さえ剝がれなければ、ことヴィジュアルに関しては最強の恋愛小説家なのに。現にこの二か月の間に編集部に届いたファンレターの多くは作品を読んでいるのかいないのか怪しいような女性からのものだった。

そう、あとは次の作品が書ければ言うことなしなのだ。

夢センセが打合せ場所に選んだのは、一階のカフェラウンジだった。身体を包み込むような上質な質感のソファに身を沈めて夢センセはメロンソーダを、わたしはエスプレッソを注文した。

「さっきのはなかったことにします。でも次ああいうことがあったら……！」

はいはい、と夢センセは言いながら大きなあくびをした。やれやれ。気分を変え、本題に入る前の枕として、わたしは仮谷紡花について安田さんから聞いた話や自分がホテルへ来てから見聞きしたことなどをひととおり話題にした。

「問題は、なぜ仮谷女史がホテルにいながら会場に現れなかったか、だな」

「きっと具合でも悪かったんでしょう」

「ふうん」と不服そうに呟くと、夢センセは何事か考えるふうに黙り込み、ウェイターが先に置いていったメロンソーダ用のストローをいつものように指に巻きつけて遊びはじめた。

そんな彼をよそに、わたしは美人女流作家誕生の甘やかなエピソードに思いを馳せた。

「ロマンティックですよねえ。一歩も家から出たことのないような女性が、たった一度の気まぐれで小説を書いて送り、それが縁で王子様に見初められるなんて」

「俺も雑誌で騒がれてるのは知っていたけど、〈眠れる森の美女〉とはまた、過酷な運命を背負わされたもんだよな」

「どうして〈眠り姫〉の運命が過酷なんですか？」

「シャルル・ペロー版にしろグリム兄弟版にしろ、〈眠り姫〉ほどひどい目に遭った御伽噺のヒロインも少ないだろう。だいたい君ね、考えてごらん。百年もの間寝ていたって時点でかなり悲劇的な人物には違いない。それに、おかしいと思わない？」

「——何がですか？」

「そもそも、招かれなかった妖精のかけた呪いを解除していれば問題ないのに、完全には解けないからといって、なぜ百年後に目覚めるなんて半端な魔法をかけたんだろう？」

「それは——」

「百年後なんてナンセンスじゃないか。招かれなかった妖精だけじゃなく、ほかの妖精にも隠れた悪意がある気がする。親切心の面《つら》をした悪意ほど厄介なものはない」

「そんなひねくれた見方をするのは夢センセだけですよ」

「そうかな。自然な推論だと思うけどね。それに、城に招かれたってことは、その当時の国王と懇意にしてた妖精ってことだ。だったら、国王がもっと喜ぶような魔法をかければいいじゃないか？」

「半年だけ眠って目を覚ます、とかですか？」

たしかに——なぜ「百年後」なのだろう？

「単純に考えるなら、その魔法が当時の国王にもっとも喜ばれるものだったからだろうな」

「え……自分の娘が百年間眠り続けることが？」

「ああ。ただし——その場合、国王は少しどころでなく、だいぶ不道徳な国王だったことになるだろうけどね」

再び夢センセの顔が意地悪くなる。

夢センセは、なぜか美しい恋の物語にいつも嫌悪感を抱いているようなところがあって、表面を引っ剝《ぺ》がさなければ気が済まないとでも言うように、隠していた爪をぎらりと光らせるのだ。

「どんなふうに不道徳なんですか？」

夢センセは、ニヤリと笑った。

「聞いたことを後悔しないなら、教えてあげるよ」

そこまで言われて引き下がれはしない。わたしはコクリと頷《うなず》いた。

7

メロンソーダとエスプレッソがやってくる。夢センセは折れ曲がったストローで飲みはじめた結果、うまく飲めておらず、わたしはわたしでぼんやりしながら飲んでやけどした。ダメな二人である。

「そもそも〈眠り〉とは何か、という話だけれど」

夢センセはストローを使うことを諦めてそう切り出した。

「はい」

「〈眠り〉とは、言ってみれば、ニセモノの死だ。この物語はね、ニセモノの死をめぐる物語なんだよ。そして、百年の眠りが〈偽死〉であれば、生理現象も存在する」

「何が言いたいんですか？」

「たとえば――茨の城に侵入する者以外に、その百年の間に出て行った者はいなかったんだろうか？」

「出て行った者？」

わたしはわが耳を疑った。そんなことは考えたこともなかった。

「家来とかですか？」

「いや、家来たちも魔法によって同時に眠りに就かされてる。だが、茨の城の中に一人だけ魔法をかけられていない人間がいるとしたらどうだろう？　もちろん茨のせいで外からは入れない。だが、城の中からポッと出てくることならできるかもしれない」

「ポッとって……そんな魔法みたいなこと」

「無から有を生ずる。たしかに魔法みたいだね。でも、人間はもう何万年ものあいだ、そんな魔法を使って現代に至ってるだろ？」

何のことだろう？　わからない。

「もっとも――この魔法は一人ではできない。幸い、眠り姫は、眠る前はそのお相手がいたようだ」

「それって、あの、もしかして……」

夢センセの考えがわかってしまった自分がいやだった。

「国王の子を出産したってことですよね？」

「そういうこと。恐らく、眠りに就く前には彼女の妊娠はわかっていたんじゃないかと思う」

「え……！　眠りに就く前から、ですか？」

「だからこそ眠らせる必要があったんだ。王女は国王を愛しはじめて母である王妃に嫉妬心を抱くようになっていたのかもしれないし、そうでなくても、若い娘は嘘が下手だ。どこで王妃に関係が露呈するかわかったものじゃない。国王にとっては邪魔なだけだ」

「そんなの、根も葉もない憶測じゃないですか。御伽噺に対する冒瀆《ぼうとく》です！」

「そうかな。糸車が何を示すのかを考えてごらん。あれは男性のメタファーさ。まあ、もっと露骨に言っている人もいて……」

わたしは耳をふさぎ、あーあーと声を出す。それから周りの人に聞かれなかったかと恥ずかしくなって辺りを見回したが、幸いなことに近くに客はいなかった。ホッと息をつく。

エスプレッソに口をつける。今度は飲める温度だ。

夢センセの悪夢のごとき解釈はまだ続く。

「パーティーに招かれなかった妖精が、〈十五歳になったとき、王女は糸車（＝男性）と交わることになる〉と予言したならどうだろう？　国王は予言を聞いたあと、糸車（＝男の大臣か？）を全部燃やした。ところが、十五年経った日、王女は城のなかをうろついてしまい、そこで糸車を回している老女に出会う。このホラーめいたシーンを解体すると――国王は城のなかに男を入れないようにし、女性ばかりの城を作った。ところが、実際には城のなかには男が一人だけ残っていた。国王がね」

夢センセはおいしそうにメロンソーダをすすり、上に載ったアイスクリームをひと掬《すく》い食べた。

「昔から変だなと思ってたんだ。あの老婆はどこから現れたのか？　全部焼かれたはずの糸車はどうやって出現したのか？　糸車をもつ老婆＝老いた男性、すなわち国王と考えるとうまく解決できる」

そんなことを日々この男は考えながら生きているのだろうか。

わたしは、一度夢センセの脳味噌を調べてみたいと思った。よほど純粋な恋や美しい恋なるものを嫌悪しているに違いない。いったいこれまでにどんな恋をしてきたのだろう？

知りたい、と思った。

結局、恋愛小説なんて経験でしか書けないのではないか。だとしたら、一度夢センセの引き出しをすべて開けてみたいと願うのは編集者として当然。そのうえで、彼に何が書けるのか一緒に考えてみたいという誘惑に駆られる。

だが、そんなわたしの願望をよそに、夢センセはさらに恐ろしい話を持ち出した。

「さて、〈眠り姫〉の身籠った子どもはどうなったのか？　その辺りのことは何も書かれていない。ただし、発見されていない以上、その城にはいなかったことになる。つまり、〈眠り姫〉は寝ながらにして出産し、すくすくと城の中で育ったその子は、大きくなると――逃げたんだ」

「……」

城から逃げた〈眠り姫〉の子ども……そんな推測があの物語から生まれようとは誰が想像しうるだろうか？

「さて、この〈消えた子ども〉のことはひとまず置いておくとして——目覚めた〈眠り姫〉の嫁いだ先の母親が人食い人種だったという話は知ってる？」

「し……知りません」

知るわけがない。そんなグロテスクな話だと知ったら、子ども心に深い傷を負うことは間違いない。

夢センセが手短に話したところによると、わたしが記憶しているのはグリム版であり、ペロー版『眠れる森の美女』には結婚の後日談があるのだという。

眠りから覚めた王女は、王子とめでたく結婚し、二人の子どもを授かる。ところが、じつは王子の母親である王妃が人食い人種で、王女と二人の子どもの命を狙っているのだ。結局その試みは失敗に終わり、最後にはみずから仕掛けた桶のなかで毒蛇たちに嚙まれて死ぬ——聞いたことを後悔させられる何とも凄惨なエピソードである。

「この後日談には伏線があると俺は考えている。〈眠り姫〉の噂を聞きつけた際の王子の反応さ。彼の情報の取捨選択にどこか欺瞞《ぎまん》を感じるんだ」

「情報の取捨選択……ですか」

今度は助けにやってくる王子にまで疑惑の目が向けられているようだ。御伽噺で女の子がもっとも憧れる部分。〈眠り姫〉の眠りに対する解釈は百歩譲るとしても、王子まで汚されるのはさすがに許しがたい。だが、夢センセの舌鋒《ぜっぽう》はとどまるところを知らない。

「彼は茨の絡まる城について、森の近くの農民たちに聞いて回る。そのうちの一人は『あそこには人食い鬼が棲んでいる』と言うが、その発言を王子は信じずにべつの農民の『美しい王女が眠っている』という発言を信じるんだ。そこに根拠はない。ただ信じたいほうを信じたにすぎない。おかしいだろ？　どちらも真実の可能性はあったのに、なぜ片方は嘘だと決めつけたんだろう？」

「……どうしてですか？」

「人は自分の影の部分からは目を逸らしたがる生き物だ。王子は人食いという言葉に過剰反応して、その情報判断に蓋をしたんだ。なぜか？　自分の母親が人食い人種だからさ。つまり、王子は森に眠る美女が自分の母親と同じ人食い人種である可能性を恐れてその情報を無視したんだ」

「それって——つまり……」

「そう、王子が救い出した〈眠り姫〉も人食いの姫だったのさ」

いつの間にか、鳥肌が立っていた。

銀座のカフェラウンジに、一瞬中世の城塞の空気が忍び込む。

「一つの物語に二か所別々の場所で〈人食い〉というキーワードが出てくる時点で関連性を疑わないほうがおかしい。〈眠り姫〉と彼女を助ける王子の母親には何らかの血縁関係があるのではないか、とね」

　おぞましい……。何という忌まわしき想像力。この男があのロマンティックな悲恋物語『彼女』の書き手だなんて信じられない。思わずそう思ってしまうが、夢センセはわたしの拒絶など気にする気配がない。

「ここで思い出してほしいのが、さっきの話にあった、城から逃げた〈眠り姫〉の〈消えた子ども〉だ。仮にこの子どもが女の子だったとしよう。彼女は成長してから〈眠り姫〉を城に置き去りにして逃げ出し、べつの国に嫁いだのかもしれない。あるいは王位にまで辿り着けたのは、そのまた子どもなのか。とにかく〈眠り姫〉の血統の何某《なにがし》かはそうして王妃に収まり、王子を生む。その王子が、〈眠り姫〉を見初《みそ》める」

「それじゃあ……子孫と祖先の関係が実際は逆だったってことですか？」

「そういうことだな。物語の中で恐ろしい目に遭っているのは王妃だが、じつは彼女の食人癖は〈眠り姫〉に端を発しているのかもしれない。物語は幕を閉じるが、〈眠り姫＝元祖・人食い姫〉はまだ目覚めたばかりだ。恐らくこのテクストは本来、女性という生き物の恐ろしさを説いたものなんじゃないかと思うね。女性なんてみんな人食い人種みたいなもんでしょって、シャルル・ペローは言いたいのさ」

「……そんなの、ひどいです」

「そう？　どんな家庭でも大抵、家風を作るのは女だ。男が成長するまでは母親の影が男を支配し、結婚すると妻が男を支配する。利害の対立し合う嫁と姑は互いを食べ合う人食いみたいなもんだ。

ちなみに、タイトルの〈眠れる〉が〈森〉にかかるのか、〈美女〉にかかるのかは学者によって見解がまちまちだ。俺は、〈森〉にかかっていると思う。〈森〉が示しているのは、人食い人種の血脈なんだよ。その血脈の根っこが絶えていないことを指して〈眠れる〉と表現し、最後に〈目覚める〉ことで物語は閉じる」

深い森の闇が、わたしの背中を這っていた。冷たい汗が、ドレスのなかに微かに噴き出る。

まさか、ロマンティックな御伽噺が、怪物の目覚める物語に変貌しようとは……。

「でも、これだけグロテスクな要素のある物語が、〈眠り〉という言葉によって詩的イメージに巻かれているために、多くの人に今なお愛されているっていうのは、何よりのミステリだろ？」

わたしは両腕を抱えながら言った。

「どうしてくれるんですか、今日一人で夜道歩けません」

「かまととぶるなよ。それより、仮谷紡花の件だ」

「え？」

「〈眠り姫〉にたとえられるなんて、ずいぶん過酷な運命を背負ったなって言うのは、そういう意味」

「ああ……」

そうだ。その話から派生したのだった。

「仮谷女史が家に籠っていることが〈眠り〉のメタファーに置き換わっているんだろうな。ここで重要になってくるのが、糸車だ。この場合、糸車って何だったんだろう？」

「男性……ですか？」

『眠れる森の美女』の解釈で自分がそう言ったばかりではないか。

「さっきの話はいったん忘れるんだ。これは、現代のべつの物語だ。二十二歳にして文壇に登場した彼女。高校卒業以来家から出ていないことも話題になったが、もう一つ注目されたことがあっただろう？」

「……本が一冊もない？」

「そう。つまり、現実の世界で〈糸車〉に当たるのは、本なんじゃないかな。彼女は両親の方針によって、本を所有することを許されなかった。そういう環境で育ちながら小説家になり——沖笛謙と結ばれることになった」

「……いけないんですか？　素敵な話じゃないですか」

「いい話だと思うよ。『眠れる森の美女』と同様にね」

夢センセはそう言ってストローを再びくるくると逆回しにして伸ばしはじめる。

「気になるのは——なぜ彼女の家には本が一冊もなかったのか。そして、何がきっかけで彼女が小説を書くようになったかってことだ。一冊も本のない家で、いかにして小説家が誕生するのか」

一冊も本のない家で、いかにして小説家が誕生するのか？

そう改めて問われると、少しミステリっぽいような気がしてきた。いけない、また夢センセの術中にハマっている、とは思うが、もうこの段階になると、夢センセにリードを任せる以外ない。

「もって生まれた才能みたいなものなんじゃないですか？」

夢センセは胡散臭《うさんくさ》そうな顔をする。

「もって生まれた才能ねえ。俺はそんなものは信じないね。元々の才能で生きていけるならモーツァルトも旅をせずに家でじっとしていればよかったはずだ」

たしかに。才能も水をやらなければ実ることはないだろう。

「彼女の母親、ブルーベル礼子の作詞した歌を知ってるけれど、かなり文学性が高い。本を読まないタイプとは思えないんだよね」

「ということは父親のほうが本嫌いだったってことですよね？」

「そのようだね。ただ、この父親、いくら自分が本を読まないとは言っても、娘にまで本を読ませないってのは何か意味があるように思えないか？」

意味――。

本を読ませない意味とは、何だろう？

わたしはエスプレッソをぐいと飲み干した。

窓の外はライトアップされた日本庭園。

時計を見る。もうすぐ九時だ。

沖笛謙との約束――そろそろ二次会に顔を出さなければ。

「夢センセ、たとえば夢センセはなぜある日突然、恋愛小説を書くようになったんでしょう？」

「……何だよ、急に」

「いえ。仮谷さんのケースと少し似てるなあって思いまして」

「どういう意味だよ」

「専門は――ミステリなんですよね？」

「……誰に聞いた？」

「さあ、誰でしょう？」

わたしにだって秘密のカードの一枚や二枚はあるのだ。

「で？　それがどうかしたか？」

悪びれることなく、夢センセはそう尋ねる。

「どうして急に恋愛小説を書こうと思われたんですか？」

今後の方針を考えるうえでも、聞いておきたい質問だ。

「どうしてって――理由なんかないよ」

「いいえ。あるはずです。夢センセが急に恋愛小説を書こうと思ったきっかけが」

「ない。ただ……書けちゃっただけだ」

その答えを聞きたかったのだ。

「なら、仮谷さんもそうだったんじゃないでしょうか？」

「え？」

「つまり、夢センセがある日突然、才能によって恋愛小説を書けたように、仮谷さんが小説家になったことにも理由はないんです」

夢センセは面白くなさそうに顔を歪めて黙りこくった。つまらない言い訳をして余計に叱られた思春期の少年のような顔つきだ。

「夢センセ、仮谷女史のことも〈眠り姫〉も忘れましょう。まずプロットが通らないと書き出していただけないんですから」

「プロットは設計図だもんな」

「そうです。設計図なしで家を作る建築家はいません」

「いるよ。アントニオ・ガウディだ」

「夢センセはガウディですか？」

「もし俺がガウディに見えるなら、君は医者に行ったほうがいいな」

話が進まない。のらくらと攻撃をかわす術では、彼に敵わない。

「とにかく！　江戸川乱歩オマージュはなしで、それ以外のミステリ作家オマージュも原則なしでお願いします」

むう、と夢センセは唸った。

唸るほど難しい注文をつけた覚えはない。

やがて、夢センセは小さく頷いた。

「わかった。やってみるよ」

よかった。胸を撫で下ろす。

「それじゃあ、わたし、ちょっと二次会に顔を出さなければならないので。あ、一緒に行かれますか？」

「いや。プロットも通ってない作家が酒飲んでたら駆け出しの編集者に白い眼で見られそうだからね」

わたしは夢センセの嫌味をスルーしてにっこり微笑んだ。

「頑張ってくださいね、夢センセ！　プロットは〈眠り姫〉の講義よりもっとロマンティックにお願いしますね」

夢センセは、首をすくめて見せた。

それから、二人同時に立ち上がってカフェラウンジを出た。

そのとき――ホテルのボーイが青ざめた顔でフロントスタッフと何やら話している異様な光景が目が留まった。明らかに逼迫《ひっぱく》した表情で二人は話し合っている。何があったんだろう？

気になりながら、フロントの前を通過した。ちょうどそのタイミングで、ボーイが電話をかけはじめた。

何を思ったのか、夢センセは突如しゃがみ込んでバックした。

「ちょっ……な、何を」

わたしは声を潜めて夢センセを呼んだが、彼は素知らぬ顔でカウンターの真下にうまく入り込み、わたしに向かって口に人差し指を立てて〈静かに〉と合図を出した。

いったい、何をしているのだろう？　わたしは仕方なく夢センセと同様にしゃがみ込んでカウンターの下へ移動した。

すると、ボーイが低く声を殺してこう言うのが聞こえてきた。

「こちら〈東京鶴亀館〉です。宿泊中のお客様が服毒による自殺で亡くなられたようでして……」

嘘……。声を出しそうになったわたしの口を夢センセが手で押さえた。わたしは夢センセの先ほどの奇行の意味を理解した。彼らの死角になるようにフロントをやや通り過ぎたところからしゃがみ込んで戻り、電話の内容を盗み聞きしようとしていたのだ。

試みは見事に成功。ボーイの声は続く。

「性別ですか？　女性です」

なおも耳をそばだてているわたしに、夢センセは軽く目配せをすると、しゃがんだまま回転扉の前まで忍び足で走り出した。慌ててあとを追いかける。

外に出ると、夜の湿気を多分に含んだ蒸し暑い空気がもわっと顔にかかった。真夏の夜の空気は、夢の世界の朦朧《もうろう》とした感じとどこか似ている。ライトアップされた日本庭園は幻想的で、まるで目覚めたまま見る夢のようだ。

夢センセは、後ろから追いかけてきたわたしを振り返らずにこう言った。

「死んでた女性客、仮谷紡花だったりしてね」

笑えないジョーク。わたしは夢センセの背中を睨みつけたが、それに気づくはずもなく、彼はゲートへ向かってどんどん進んでゆく。

わたしはしかめっ面をしたまま夢センセを追いかけた。初めのうち、不謹慎な憶測だと非難しようと思っていた。けれども、仮谷女史が今日ホテルにいたのに結局授賞式に姿を見せなかったことを説明するには、その可能性も視野に入れるべきなのではないか、という気が徐々にしてきた。

「死んでいるのが彼女なら、明日には大々的に報道されるだろう」

夢センセは気軽にそう言った。

真夏の熱風が、心地良い。

「彼女のフィアンセに教えてやったらどうだ？」

「……でも、まだ確定したわけじゃないですし……」

「まあ、好きにしろよ。俺は帰る。せいぜい気をつけて」

「え？」

「〈眠り姫〉の周りは、危険がいっぱいなんだから」

どういう意味だろう？

問い直そうとしたが、彼は手を振ると駅に向かって歩いて行ってしまった。

気になることを言い捨てて逃げるなんて。

とはいえ、そんなことに腹を立てている場合ではない。沖笛氏に二次会へ参加すると言った以上、なるべく早めに顔を出したい。

わたしは大急ぎで沖笛謙に電話をかけた。

8

電話口の沖笛謙は、一度喧騒から離れてから、チェロのように低く伸びやかな声で二次会の場所を告げた。

「駅を背にして京橋《きょうばし》のほうへ向かってまっすぐ進んだ先にある、青い光の灯るランタンの前まで来てください。迎えに行きます」

電話が切れたあと、わたしは考えた。

夢センセと盗み聞きした内容について、沖笛謙に知らせるべきだろうか？

でも、それが仮谷紡花かどうかなど現段階ではわからないのだ。

ホテル関係者や警察関係者のなかに彼女の顔を雑誌でも見たことのある人がいればいいが、文壇の人間の顔写真なんて、ふだん小説を読まない人には到底知る機会がない。美人だ何だと騒がれたと言っても、しょせんは文壇での話。新人作家の風貌が世間に浸透しているとは思えない。

もしも財布や携帯電話を所持していなければ、身元の判明はもう少し先になるかもしれない。

しかし――そもそも授賞式当日に自殺したりするものだろうか？

これから新しい人生が始まるのに？

そんなことを考えているうちに、青い光の灯るランタンの前に着いた。

ブティックの立ち並ぶ表通りから一歩奥に入ると、電気の消えたビジネス街区が広がっており、さっきまでの銀座の華やぎが嘘のように味気ない街並みに様変わりする。化粧の剝がれた東京の姿だ。この街もまた、今は眠りというニセモノの死の只中にいて、次の目覚めを待っているのだ。

仮谷紡花も、これまでの人生は眠りのなかで、これからが目覚めのときだったはずなのに……。今さらのように、彼女が才能ある書き手だったのか気になった。まだ受賞作は読んでいないけれど、一冊も本のない環境で育った少女が小説家になれるものなのだろうか？　人は、どこかで物語に出会わなければ、物語を紡ぐ欲求も芽生えないのではないか――。

ん？　待てよ。

紡ぐ――か。糸も物語も、紡がれる点では同じ。夢センセが現実の世界で〈糸車〉が本のメタファーになっていると言ったのは、あながち荒唐無稽な話でもないかもしれない、と思った。

それから、ふっと浮かんだ。家に本がなくても、本には出合えるではないか。

「電子書籍か……あ、図書館もあるか」

家で本をもつことを禁止されていた少女も、図書館で本を読むことができただろうし、大人になってからは一歩も外に出なくとも電子書籍ならダウンロードできたはずだ。それに、父親の死後は本も入手できたはずだ。

彼女はそのような形で、ある物語と電撃的な出会いを果たし、小説家を志したのかもしれない。

「月子嬢、こっちですよ」

路地のさらに細く仄暗い曲がり角から沖笛謙がやってきた。ポケットに片手を突っ込み「サーファー刑事」が目の前で微笑んでいる。

「すみません。迎えに来ていただいたりして」

「いいんです。二次会も盛り上がっていますよ」

ビルの谷間に、小さな神社があり、その横に細い歩道がある。周囲が無人のビル群に囲まれていて、どこか都市に忘れ去られた余白を思わせる。そんな場所を、憧れのスターと歩いていることがまだ信じられなかった。

「ところで、お母様もパーティー会場にはお見えにならなかったようですが、どこかお具合でも？」

何か話さねばと思うあまりどうでもいいことを尋ねてしまった。

「部屋に行ったんですが、どうやら帰ってしまったみたいでして。あの人も気まぐれで困ったものです」

沖笛氏は苦笑いする。

「もうすぐそこですから」と沖笛氏は言ってから、一度立ち止まってわたしを手招きした。促されて、先に歩きはじめた。そのわずか後ろから彼がついてくる。言うなら、今しかない。

「あの……お知らせするべきか迷ったんですが……」

わたしは思い切って話を切り出そうとした。

だが、振り返ると、すべての言葉は夜の溝に流れ、鼠たちに食べられてしまった。

わたしが見たのは、何者かに背後から左腕をねじ伏せられ、高く掲げた右腕を摑まれた沖笛謙の姿だった。

「うぐ……うぐ……」

その夜空に向けられた右腕には——ナイフが握られている。

どういうこと？

いったい何が——。

やがて、背後にいる人物の影が、青いランタンによって少しずつ照らされはじめた。

ねじ伏せているのは、夢センセだった。

「ゆ、夢センセ！」

夢センセは、闇からの使者であるかのように柔らかな声で言った。

「沖笛さん、〈眠り姫〉を起こしたら、最後まで守らなくちゃダメだよ。たとえどんな意思があろうとね」

夢センセは何を言っているのだろう？　なぜ、沖笛謙を背後からねじ伏せて偉そうなことを言っているのだろう？

と、次の瞬間、沖笛氏が強引にその手を振りほどいて夢センセの腹部に蹴りを入れ、わたしに向かってナイフを振り上げた。

青春の一ページが——。

わたしを、殺そうとしていた。

彼の目に、テレビの向こう側にいる二枚目俳優の輝きはない。そこにあるのは、狂気の色だ。

わたしはとっさにしゃがみ込んで頭を抱えた。

死を覚悟した。

しかし——ナイフはいつまで経っても、わたしのもとまでは届かなかった。

ゆっくり目を開ける。

そこで——沖笛謙と夢センセが絡み合っていた。

最初のうち、夢センセが沖笛氏の上に乗っていたけれど、そのうち体勢は逆転された。

首を絞められた夢センセの表情が、少しずつ歪んでいく。

危ない。

わたしは咄嗟に二人の後ろから鞄を振り回して沖笛謙の後頭部を叩いた。それは大した衝撃にはならなかった。しかし、彼は私のほうを振り返った刹那、夢センセの首にかけた手の力をわずかに緩めたようだった。

その隙を見逃すことなく、夢センセは両手を使って首にかかった沖笛謙の手の鎖をえいやと断ち解くと、急所に蹴りを加えた。

「ぎゃうっ！」沖笛氏は奇声を発してうずくまった。

その瞬間——サイレンが鳴りはじめる。

パトカーがやってくる音だ。

「ちっ……クソ！」

沖笛謙はその場に唾を吐き捨てると、苦しそうに身を屈めたまま駆け出した。

その背中に——夢センセがドロップキックを喰らわせる。

「ぐはっ！」

その上に夢センセがどっかとのしかかると、ちょうどパトカーがやってきて、中から警官がぞろぞろと現れた。

夢センセは両手を挙げると、こう言った。

「俺は通報者だよ。捕まえてほしいのはこっち」

その言葉で急に警官たちはかしこまり、ご苦労様です、と言って沖笛謙を取り押さえた。

「お、お前……俳優の……！」警官の顔に不敵な笑みが浮かぶ。「有名俳優さんもこうなっちゃおしまいだな。さあ、あとは署でゆっくり聞かせてもらうぜ」

そのあいだに夢センセは警官からの簡単な事情聴取を受けていた。

取り残されたわたしに、若手らしい警官が「大丈夫ですか？」と声をかけた。大丈夫です、と答えながら、わたしはパトカーに無理やり乗せられる沖笛謙の姿をぼんやりと眺めていた。

走り出したパトカーが生み出したぬるい風が、わたしの髪を弄ぶ。

まだ身体の芯は熱く、真夏の夜風では冷めそうになかった。その体温は、熱帯夜を突き進む温度であり、少女時代の憧れが焦げ落ちていく温度でもあった。

9

「ショックだった？」

「……ええ、まあ」

まだ、現実が受け止めきれなかった。だから、黙っていた。

ささくれ立った心を癒し、冷静な判断を下すには時間が必要だった。だいいち、わからないことが多すぎる。

夢センセとわたしは、事情聴取が終わったあと、京橋を越え、新富町《しんとみちょう》付近にあったキャンドルの灯だけで明かりをとる風変わりなバーに入っていた。雲隠れにはちょうどいい場所だ。店内は狭くカウンターしかないが、平日のためかほかに客もおらず、すぐに座ることができた。

「でも、事件に幕が引かれたわけじゃない。あれはただの怪物の手足に過ぎないんだから」

「怪物の——手足？」

夢センセはこちらの問い返しにはただ黙ってニヤニヤしているばかりだ。代わりにわたしは、揺れるキャンドルの灯を見て心を落ち着けながら、別の質問をぶつけた。

「なぜ沖笛さんはあんなことを……？」

「何だ、まだそんな寝ぼけたことを言ってるのか？」

やれやれ、と夢センセは言いながらスコッチをロックで頼み、わたしはウイスキーをストレートで頼んだ。

自分の声さえ、どこかに吸い込まれて消えてしまいそうなほど店内は静かだった。ややもすると夢センセの声まで遠くに聴こえる。

「一冊も本のない家で、いかにして小説家が誕生するのか。いや、そもそもなぜ本のない家が存在したのか」

キャンドルの灯が、ドアの隙間から入る風に応えて、気怠そうに踊っていた。夢センセは続けた。

「ご存知のように、恋愛作家の宇部審爾氏はかなりの好色家で知られる。若い時分に流した浮き名は数知れず。そのなかには女優や歌手もいたというもっぱらの噂だ」

「もしかして……」

夢センセはブルーベル礼子と宇部氏の関係を仄めかしているのだろう。

「あり得ない話じゃないと俺は思ってる。仮谷女史は宇部審爾の娘なんじゃないかな。そう考えると、彼女の父親がむきになって家のなかに小説を置かないようにした理由もわかる気がしないか？」

「あ……そう言えば」

もしも本当の父親が自分ではなく宇部氏であることに気づいていたなら、もっとも恐れるのは、本を読むことで本当の父親譲りの才能を開花させてしまうことだろう。

「しかし、父親の努力もむなしく、彼の死後、宇部氏はブルーベル礼子を久々に訪ね、そこで仮谷女史に出会ってしまう。かつて自分が愛した女にそっくりな容姿になった彼女にね」

不意に、『眠れる森の美女』の解釈が、重なる。

「それまで本を一冊も読んでこなかった彼女は、自分の父親が恋愛小説家であることを知り、宇部氏の小説に興味をもつようになる。そこにあったのが父親を求める気持ちか畏敬の念かはわからないが、彼女は本を手にとり、自分も小説を書きはじめる。もしかしたら、宇部氏は多少の手ほどきをしてくれたかもしれない」

老いた恋愛作家が、小説家養成講座を開いていたことを思い出す。

「そして、死ぬ前に自分が設立に尽力した賞に応募しろと言い残し、言葉どおりに仮谷女史は応募する。だが、そのとき内心穏やかじゃない人物がいた」

「仮谷さんのお父さん――じゃないですよね？」

「残念ながら彼は他界している」

「……わかりません、ほかに誰が――」

「宇部氏の正妻、清子《きよこ》さんだ」

夢センセは、そう言って携帯電話のネットで画像検索をかけた。そして、老夫婦の映った画像をわたしに見せた。

「この人は……！」

驚いた。そこに映っているのは――〈東京鶴亀館〉に入ってすぐに声をかけられた、あの白髪の貴婦人だったのだ。

「もしも清子夫人が宇部氏の浮気を細かく調査していたら、彼女はブルーベル礼子をその有名な容姿と共に記憶したはずだ。年月を経て、そのシンガーソングライターによく似た顔の女が文壇デビューする。さっき俺はパラパラと中身を読んでみたけど、文体は宇部審爾氏に似ている。一冊だから批判も出ないで済むかもしれないが、これから何冊も重ねていけば、必ず書評家はその点を指摘するだろう。そのときに宇部審爾氏の過去のスキャンダルが照応されないと言いきれるだろうか？」

「指摘される可能性は――ありますね」

「清子さんにしてみれば、宇部氏は死んでやっと自分だけのものになったんだ。それなのに、なお身辺を騒がせる女が現れた。心中は穏やかじゃないだろうね」

「まさか――清子夫人が殺したってお考えなんじゃないですよね？」

「そうだよ」

「でも、じつはわたし、今日彼女を見たんですが、車椅子なしじゃ動けないようでした」

「彼女はね。でも、彼女の気苦労を長年にわたって見てきた人間なら、足腰も元気でよく動けるんじゃない？」

沖笛謙――。まだ信じたくない思いがあった。殺されかけてもなお、彼に対する憧れが、皿にこびりついた汚れのように残っている。

そのとき、坊主頭のマスターがテレビをつけ、見たいチャンネルを探しはじめた。サッカーの中継でも始まるのだろうか。だが、目当ての番組がまだ始まっていなかったのか、投げやりな様子でふと手を止めた。

ニュース番組だった。既視感のある風景。その建物は、さっきまでいた〈東京鶴亀館〉だ。キャスターは、その前に立って、緊迫した顔を作り出していた。

「この近くじゃん」とマスターは誰にともなく呟いた。

キャスターは告げる。

『先ほど、このホテルで、遺体が発見されました。被害者については女性という以外詳しい情報はまだ入ってきておりません。警察の調べにより死因は服毒による自殺と断定された模様です。死亡推定時刻は五時半から六時……』

「警察は自殺の線で進めているようだね」と夢センセは笑った。

沖笛氏による他殺を疑っているらしい夢センセに、わたしは言った。

「死亡推定時刻の五時半から六時――その時刻、わたし、三階の更衣室に入るときと出るときに、二回、沖笛氏がエレベータの前から動かずにいたのを見ています。そのあと、彼は二階に下りました」

「つまり、沖笛氏にはアリバイがあると言いたいんだね？　なに、彼が殺したとは言ってないよ。彼にはべつの役割が与えられたんだろう」

楽しむように夢センセは言った。それから、キャンドルの灯に微かに息を吹きかけ、激しく揺らした。その動きは、男の冷たい態度に身をよじらせるどこかの安っぽい女のように見えた。

「そもそも、沖笛氏はなぜ仮谷女史と婚約したんだろう？　もしも異母兄妹だとわかっていれば、そんなことはしなかったはずだ。彼は仮谷女史と結婚することで亡き父に張り合おうとしたんじゃないかな」

「父親に、ですか？」

「仮谷女史が宇部氏と何らかの関わりをもっていたのは確かだ。それを見て恋愛関係にあると誤解した沖笛氏は、激しい女遊びで母親を苦しめた父への果たせぬ復讐として、彼女と結婚してやろうと考えたのだろう。そうとは知らずに仮谷女史はそれに応じた」

「可哀想……」

「ところが、さらにその息子のささやかな復讐を見て、二人が異母兄妹だと知っている清子さんは、結婚前に彼女を殺す必要を感じて沖笛氏に事情を語り、自分のもとに連れてくるように言う。このときの沖笛氏の心中は俺にもよくわからない。子どもの頃から母親の命令を聞くことに慣れすぎていたのか何なのか、とにかく彼は清子さんの計画に協力する。あとはいつ、どこで清子さんに復讐をさせるのか、だ。動けない老母のためにも、場所は〈東京鶴亀館〉がいい。日取りは、授賞式当日がもっとも呼び出すのに自然だ」

わたしはあのボーイの対応を思い出した。

「そう言えば、清子夫人はホテルを家代わりに使っている様子でした。それに、半分以上の株を所有している、とも」

「そういうことさ。つまりね、あのホテルは彼女の身体なんだ」

「身体――」

「息子にホテルまで連れてこさせたら、あとは部屋のなかで彼女が勝手に調理する。自分の〈手足〉を使ってね。王子の母親がそうしようとしたように」

「そ、そんな……そんな大それたことを！　いくらボーイが言いなりだってやりませんよ、そんなこと！　馬鹿げてます！」

そうだ。仮にも企業団体が殺人に加担するわけがない。

「ホテルサービス業がここ数年右肩下がりなのは事実だよ。そんななかで株を半分握っている彼女のような顧客を失うことの損失は計り知れない。株をネタに脅しをかけられたら、言うことを聞く可能性はあるだろうね。

俺が変だと思ったのは、あのとき通報するボーイがこう伝えていたからなんだ。『服毒による自殺で死亡したようです』。あんなことは死体を発見しただけで断定できるわけがないんだ」

「あっ……そう言えば……」

首つり死体ならともかく、服毒死の場合、それが自殺か他殺かなど発見者にわかるわけがないのだ。

「からくりはわかりましたけれど、どうしてわたしが殺されかけなくてはならなかったんですか？　もうトラウマになってます」

思い出すと、背筋に冷たい感覚が蘇ってくる。

「なるほど、虎のように勇ましく馬のようにたくましく」

「あのですね」

誰が虎で馬だ。わたしは夢センセを睨みつけたが、夢センセはどこ吹く風で呟いた。

「君が殺されかけた理由は一つしかない。君は三階のエレベータ前に立っている彼を目撃したことを本人に話したんだろう？」

「話しましたけど……」

「問題は、彼が何のためにそこに立っていたかってことさ。仮谷女史が当日ホテルに宿泊することを知っている人物がやってきたとき、あそこにいれば『彼女は体調がすぐれないようだ』と告げて上に行くのを阻むことができる」

「そのためにずっと……？」

「少なくとも殺害を終えて清子さんが現場から立ち去るまでは、いる必要があったわけだ」

「それじゃあ、わたしがエレベータ前に立つ彼の姿を目撃してしまったがために、犯罪に気づきやすい位置にいたとみなされたってことですか？」

「あのときには気づかなくても、いずれ報道によって仮谷女史の死を知れば、君は必ずじっとあそこに立っていた沖笛氏を怪しいと考えるようになる」

三階まではエレベータがない。つまり、三階より上に向かうためには、必ずあのエスカレータを通ることになる。あそこで立っているのは非常に効率のいいガード方法だったのだ。

「君から仮谷女史がホテルにいたという話を聞いたとき、奇妙だと思ったんだ。沖笛氏が最初に二階ラウンジで君と安田さんに挨拶したあと、すぐに三階に上がって手摺から階下を見ていたのを、俺はずっと観察していたからね。ほかの人はともかく、婚約者の沖笛氏がエスカレータで三階へやってくる彼女に気づかないはずがない。それなのに、会場で君に目撃されたことに気づいたとき、彼は婚約者が来ているのを知らないようだったと君はさっき教えてくれた。明らかな矛盾だ」

あんな早い段階から、夢センセは沖笛氏の動向を冷静に見ていたのか。そんなこととは知らずに憧れの人物に出逢えたことに浮かれていた自分が、悲しいやら恥ずかしいやら。と同時に、健康的な浅黒い肌と白い歯をもつ貴公子がただのマザコンなのかと思うと、果てしない喪失感と虚無感とに囚《とら》われた。

そのとき、再びテレビに〈東京鶴亀館〉が映し出された。

『ホテル前です。続報です。先ほど〈東京鶴亀館〉の一室で発見された自殺者の身元が確認されました。宇部清子さん・六十八歳。清子さんは、この春亡くなられた恋愛小説家・宇部審爾さんの妻で……』

わたしはテレビから目を離し、夢センセを見た。

夢センセはまだ画面をぼんやりと見つめていた。

「さすが、〈眠り姫〉」

「……どういうことですか？」

「すべての作戦を知り、計画を先回りしたんだ。ボーイを味方につけたんだろう。考えてみれば、清子さんの株は沖笛氏が受け継ぐ。ホテル側だって厄介な婆さんにつくより、相続者の夫人についたほうが得だ」

「で、でも、沖笛氏が共犯なのに……」

「今回の計画に仮谷女史が気づいている以上、沖笛氏は尻尾を摑まれた鼠さ。何の権力もない」

哀れ、わたしの青春よ。偶像は今や地に落ち、泥にまみれた。

「『眠れる森の美女』で、〈眠り姫〉は王子の母親の手足である料理人を味方につけてかくまってもらい、最後には母親が自滅するように仕向けている。仮谷女史と同じだ」

テレビの画面では、仮谷女史が目頭をハンカチで押さえていた。

『……素敵な方でした。〈お義母様〉とお呼びできるのを楽しみにしていたのに……』

夢センセは——フッと笑った。まるで、出来の悪いコメディから目を逸らすときのような冷めた笑いだった。

「さすが人食い〈眠り姫〉。やられちゃったね」

「そ、そんな……暢気な」

「大丈夫さ。彼女があんな余裕な演技をしていられるのも、沖笛氏が捕まったことを知らないからさ。彼はあまり精神の強い人間ではなさそうだし、そのうち自分と母親が企《くわだ》てていた犯行計画を白状する。そうなれば、警察は必ず清子夫人の死に疑問を抱くはずだよ」

夢センセは眠たげに眼をこすりながらそう言う。

テレビでは、新たなスキャンダラスな速報をキャスターが緊迫した声で伝えていた。もちろん、それは沖笛謙に関するものだった。

10

「何か俺、眠たくなってきたな」

夢センセはパトカーに押し込まれる沖笛氏の映像を見ながら、大きなあくびをした。

わたしは、夢センセに守られたときのことを思い出していた。あのときの胸の微かな疼《うず》きを何と形容したら良いのだろう？　だが、そんな心のさざなみを、隣の恋愛小説家に気づかれたくなかった。

「寝てる暇なんてないですよ。次の作品を書いていただかないと……」

夢センセは――頬杖をついたまま寝息を立てて眠っていた。

眠り姫ならぬ、眠れる恋愛小説家。

その寝息を聞いていると、恋に恋した乙女の在りし日の記憶が溶けていく気がした。

わたしは、バッグから仮谷紡花の受賞作『針と糸、百年の恋』を取り出した。その物語は、まさに『眠れる森の美女』をベースにしたもので、引きこもりの少女が一人の男性と出逢うことで世界が開かれる恋愛小説だった。読んでいくうちにわかった。これは宇部審爾氏との出逢いをテーマにしたものだ、と。彼女は宇部氏に禁断の愛を抱くようになっていたようだ。

やはり作り手の現実は、物語とつながっているものなのだろうか？

そんなことを思っていたら、今日の午後、夢センセと会うために〈ホテルオーハラ〉へ向かったもう一つの目的が思い出された。

〈ホテルオーハラ〉の近くに住む、埴井《はにい》涙子《るいこ》。

『彼女』のヒロインと同じ名前をもつ女。

夢センセを捕まえ損ねたあと、わたしは、夢センセの執筆動機が涙子さんにあるなら、彼女と話すことで、次作のヒントが見えるのではないかと思い、彼女の自宅を訪ねたのだ。

わたしが出版社の人間だと話すと、涙子さんは警戒心を抱いたようだった。しかし、わたしは率直にこう切り出した。

――夢宮宇多という作家をご存知ではありませんか？

――いいえ。

怪訝《けげん》な表情を浮かべる彼女に、わたしはさらに詰め寄った。

――ぜひ、見ていただきたい本があるんです。

わたしは、『彼女』を取り出し、その一ページ目を開いて見せた。そこに記された〈埴井涙子〉の名を。

――これは……どういうことですか？

彼女は驚きを隠せない様子だった。わたしは『彼女』のあらすじをかいつまんで話し、ヒロインの名前が同じ〈涙子〉であること、ヒロインの恋する男の名が〈本木《もとき》〉であることなどを話した。そして、最後に付け加えた。

――夢宮先生の本名は〈本木晃《あきら》〉というんです。

少しずつ肥大化する暗雲のように翳《かげ》りを見せていた涙子さんの表情が、その言葉で一気に硬直した。

――彼が、小説家に？

――ええ。

彼女は、しばらく茫然とした表情で視線を宙に彷徨《さまよ》わせていたが、やがて、わたしの視線に気づいて俯いた。

――お引き取り願えますか？　話せることは何もありませんので。

それが立ち去る潮時だった。わたしは『彼女』を置いて埴井家をあとにした。

もしかして『彼女』もまた仮谷女史の小説同様、実話なのだろうか？　だとしたら、どこまでが？　殺人の件《くだり》まで実話？　それともその直前まで？

隣で寝息を立てる男は、そんなわたしの疑問には答えてくれそうになかった。かくんとなって、夢センセはわたしの肩に頭を預けた。

この眠りは本物だろうか。それとも狸寝入り？

不意に、記憶のフォルダが開く。今日の授賞式の会場での出来事。開場してしばらく作家や編集者に挨拶して回っていたときのことだ。

――あなたはもしかして晴雲出版の編集者さん？

背のひょろっと高い男がわたしに名刺を差し出してきた。

――パーフェクト出版の紺野《こんの》です。夢宮宇多でしたっけ？　彼の今のペンネーム。

――今の……？

どうやら夢センセと旧知の仲のようだ。

――あれ、知らないんですね。これ言っていいのかな。彼ね、うちが携帯小説を配信したときに縦溝誤史《たてみぞあやし》とかいくつかペンネームで執筆していたんですよ。あと本名でもね。いずれもごりごりの本格推理小説で全然売れませんでしたけど。

そう言って彼は豪快に笑った。わたしはそれに合わせて笑うことはできなかった。心がざわついていた。夢センセが受賞前に携帯小説を、それも――本格推理を書いていた？

思い当たる節は、ありすぎた。

ねえ、夢センセ、あなたはどんな糸を使って、受賞作を紡いだんですか？

そして、次の作品は？

あなたは――本物の恋愛小説家なんですよね？

ほろ酔いになったわたしは、夢センセの頬をつんと指でつつき、それからまた『針と糸、百年の恋』に目を落とした。単なる模倣とも言える恋物語。しかし、受賞作だけあって、どこか真に迫るものもある。

仮谷女史にとって、沖笛謙は有名俳優でも何でもなく、宇部審爾の代替物でしかないのかもしれない。死ぬまで小説を紡ぐためのレプリカ。きっと仮谷女史は、沖笛謙が母親の企てた殺害計画に加わっていたことを知りつつ、それを咎《とが》めないつもりだったのだろう。

沖笛謙は自分の罪を露見させないためにも、一生をかけて仮谷女史に尽くし続けたに違いない。

すべては、夢センセによって阻まれたわけだけれど。

「愛を恐れなさい、毒を恐れなさい」

ブルーベル礼子の歌を口ずさんでみた。それから、思った。この事件は、仮谷女史の姿を借りたブルーベル礼子の復讐かもしれない、と。

そして、沖笛謙についても、別の可能性に気づく。ホテルのボーイ同様、彼もまた母親から仮谷女史に寝返っていたのでは？　母親の計画を聞いたときから、ずっと母親を殺そうとしていたとは考えられないだろうか？

三階のエレベータ手前に立っていたのは、仮谷女史に、絶対に上に誰も来させないように言われたからだったのかもしれない——そういうふうに読み解くこともできるのだ。パーティーの途中、沖笛氏を呼び出したマネージャーは誰からの伝言かは言わなかった。彼はわたしに母親の性格について話すことで母親に呼び出されたのだと印象づけようとしたが、実際には仮谷女史に今後の行動を話し合うべく呼び出されていたのではないだろうか？　そしてそこで仮谷女史がわたしを殺すよう指示を出した……。

わたしは思考を停止した。

どっちでもいい。どの怪物の手足になるかの違いなんて。警察が明らかにしてくれること。

わたしは、カウンターに置かれた夢センセのグラスに、自分のウイスキーのグラスをカンと合わせ、心の中でそっと唱えた。
乾杯――物語を紡ぐ意思をもった、眠り姫の目覚めに。

第三話

人魚姫《にんぎょひめ》の泡沫《うたかた》

1

それは、九月の泡沫《うたかた》のような出来事だった。

「ばかなことかんがえているね。だが、まあ、したいようにするほかはあるまい」

ドアを開けた瞬間に、そんな言葉を浴びせられ、心のなかを読まれたような気がした。

「な……何を突然言ってるんですか？」

数秒置いてようやくそんな冷静ぶった切り返しができたけれど、胸の動揺は完全に治まったわけではなかった。

夢《ゆめ》センセのホテルの部屋はシンプルでいて高級感を失わないハイクラスなものだった。我ながら、いい部屋を用意してあげたものだ。宿泊費は手頃なのに、居心地は決して悪くない。長期滞在にこれほど適した部屋もあるまい。

だが、そんなことに自己満足している場合ではない。奇妙な問いを浴びせかけられ、しかもそれが案外今からわたしの口にしようとしていた話の本質を衝いていたがためにペースを乱されたが、そんな時間は本来ないのだ。事は一刻を争うのだから。

「アンデルセンだよ。『人魚姫《にんぎょひめ》』、知らないわけじゃないだろう？」

言われて、はたと思い出す。たしか人魚姫が海の魔女を訪れたときに言われる台詞だ。

そう言えば、夢センセのデビュー作『彼女《かのじょ》』の中でも、『人魚姫』からの引用があったのを思い出す。

「夢センセ、『人魚姫』けっこう好きですよね」

「好きだよ。豆乳オ・レほどじゃないけどね。俺は、喜劇的な悲劇と悲劇的な喜劇が好きなんだ」

「な、何ですか、その早口言葉みたいな……。『人魚姫』のどこが悲劇的な喜劇なんですか？」

ハンス・クリスチャン・アンデルセンの童話のなかでも有名な悲恋ものの代表作。

海で溺死しかけた王子を助けた人魚姫が、もう一度王子に逢いたいがために海の魔女の魔法で人間の姿になり、陸に上がって王子のいる城へ向かう。その魔法は、王子と結ばれなければ人魚姫は海の泡となって消えるというものだった。

やがて王子は彼女を寵愛するようになるが、じつは忘れられない人がいると打ち明ける。それが何と、海で王子を助けた女だというではないか。人魚姫は自分がその助けた女です、と真実を告げたくなるが、魔女によって声を奪われているために告げることができない。

そのうち、王子はどこかの姫に恋をし、彼女こそが自分をかつて助けた女だと思い込む。それまでは、人魚姫のことを助けた女に似ていると言っていた王子だったが、姫に出逢ったあとでは彼女こそがまさに自分を助けた女だと興奮気味に人魚姫に伝えるのだった。

声もなく悲しむ人魚の前に姉たちが現れ、魔女から自分たちの髪と引き換えにもらったという短剣を渡す。これで王子を殺せば、魔法は解け、人魚は消えずに済む。しかし――人魚姫は結局、みずから海に飛び込んで泡沫となる道を選ぶ。誰が何と言おうと、読む者の胸を締めつけずにはおかない悲劇中の悲劇だ。

それなのにこの男ときたら――。

「いやいや、あれは悲劇的な喜劇じゃない。喜劇的な悲劇だよ」

「……全然喜劇的じゃないですよ」

「安心しろよ、そう感じるのは君が馬鹿だからであって特別な病気とかじゃないから」

「な……！」

誰が病気の心配などするものか。

「実際、『人魚姫』ほど滑稽な悲劇は聞いたことがないよ。まず人魚が溺れかけた王子に恋をし、その王子と再会するために人間の姿を手に入れたくて自分のいちばんの魅力である声を捨てる。これは商売の原則を示している」

「しょ……しょうばい？」

「適正な取り引き以外には応じるなってことを言ってるのさ」

「アンデルセンがそんなことを言うとは思えませんね」

デンマークの国民作家をつかまえて何たる無礼。

「アンデルセンの時代のデンマークは貧困の真っただ中にあった。もともと金のない世の中に、さらにはそのなけなしの金をもぎ取るあくどい商人もいた。アンデルセンは子どもたちに、お前たちの親を見ればわかるとおりだ、わりに合わない取り引きには関わるなって教えていたのさ」

「……あれは何とも乙女の胸を狂おしくさせる悲恋ものです！　へんな解釈は許しませんよ。大体、夢センセだって認めているから『彼女』のなかでモチーフの一つに出しているわけでしょ？」

「べつに。そもそもこの業界の人って、みんな小説が好きすぎるんだよ」

「は……はい？」

小説を商売の種にしている人間が小説を好きでなくて何とする。

「小説が好きなほどいい小説が書けるってんなら、俺はもっと早くにデビューできてたはずだ」

何たる言い草。これはいくら今二人きりでも許しがたい発言。こんなことをもしもよそで言われたら一大事である。

「あの、お言葉ですが——たしかに夢センセの『彼女』は素晴らしいかもしれません。しかし、先生の小説より素晴らしい小説はこの世にごまんと……」

「あるだろうよ。読み手はせいぜいそういったものを発掘してありがたがってればいいさ。でも書き手がそれをありがたがってどうするの？　線路作ってるんじゃないんだよ。そんなことして何になる」

「ジャンル作家というのは職人のようであるべきだと思いますよ、わたしは。過去の名作をきっちり読み込んで、その流れに沿ったうえで新しいものを――」

「だからさ、そういう腐った思考回路の奴が多いからクソ作品ばっかりになっちゃうんでしょ？」

ダメだ、らちが明かない。この男の口にガムテープを貼ってゴミの日に出してしまいたくなる。

「まあいいや。話を『人魚姫』に戻すと、だ。あれにはよく考えればおかしな部分がある」

「え？　そうですか？　どこだろう……」

「溺れた王子を助けた張本人以上にその女らしい女が、突如どこかの姫として都合よく現れたなんてあり得ると思うか？」

そう言えば――その部分には小さい頃に微《かす》かな違和感を覚えた記憶があった。

「無理がある。だろ？　月子《つきこ》」

「よ、呼び捨てですか」

「ツッキー」

「それ、昔よく言われました」

「たとえば、ツッキーにひと目惚れした男が現れる」

「わ、私に？」

「たとえ話で照れるな」

「むっ……」

「そのツッキーをずっと捜し求めていた奴が君に再会する。ところが君はしゃべれない。真実を口にできない。相手は君を見て『ツッキーにめっちゃ似てる』と言う。ところが、しばらくして君に『運命のツッキーが隣の国にいたんだよ』と言い残してべつの女と結婚したら、どう思う？」

「……殴りますかね」

「要するに、似てもいない女をそのものだと思い込んだのは、どこかの国の姫が、しゃべれない人魚姫とは違って、言葉を所有していたから。それと――金だろ？」

「……そんな、身も蓋もない」

「言葉と金、この二つに人間は弱い。だからこそ、物静かな知識人の思考は無視され、声のでかい馬鹿どもの意見がまかり通るし、金持ちは尊敬される。それが世の中さ。『人魚姫』っていうのは、『このウンザリな世の中め』ってアンデルセンが唾を吐いている最高にロックな小説なんだよ。だから俺は好きなんだ、あの喜劇的な悲劇がね」

究極の選択の末に描かれた切なすぎる幕切れこそ『人魚姫』の神髄と思っていたのに、せっかくのイメージを台無しにされてしまった。部屋の隅を面白くない思いで見つめていると、夢センセは言った。

「ところで――さっきの反応から察するに、俺が海の魔女の台詞を引用したのは、まんざら外れでもなかったみたいだな？」

ギクリ。

うっかり溜息もつけやしない。と思いつつ、わたしは特大の溜息を一つつきながら、夢センセの目の前の椅子を指さした。

「座ってもいいですか？」

「ダメと言っても座るだろ？」

言い終わる前に、わたしは腰かけた。さっきも言ったように、事態は急を要するのだ。

2

「……『ばかなこと』ではないですよ、べつに。いい知らせを持ってきたんです」

嘘ではない。わたしが持ってきたのは、ある意味ではとても喜ばしいニュースだった。

「ふうん。五十万部増刷でも決まった？」

「なんですぐラクして稼ごうとするんですか、新人のくせに。違います！　受賞後第一作の刊行時期が決まったんです」

「……それが、いい知らせ？」

「ええ」

「いつ？」

「十二月です」

わたしは内心で冷や汗をかきつつ、きっぱりと言いきった。

ほうらね、と夢センセは苦笑混じりに言った。

「あのさ、まだプロットも通ってないのに刊行時期を三か月後に決めてどうするんだ？」

「ええ、でも決まったんです。決まってしまった、というべきかもしれませんが」

編集長のひと声で刊行時期は決まってしまうものなのだ。

「無理」

「夢センセ、ガンバ！」

わたしは両腕を顔の前でくっつけてガッツポーズをとった。

「なにアイドルみたいなポーズとってんだ」

あいどる……。

井上《いのうえ》月子、一生の不覚。顔から火が出そうになる。だが、すぐに体勢を立て直さねば。

この男は人に羞恥心を覚えさせる天才なのだ。

「とにかく！　というわけですから、今週いっぱいで何が何でもプロットを通すぞー、エイエイオー！　……って何やってるんですか？　センセ」

拳を振りかざしているわたしを後目《しりめ》に、夢センセはベッドの上に旅行鞄を運び、服なんぞを詰めはじめていた。

「見てのとおり、高飛びの準備」

「た……たかとび？」

「心配しなくてもそのうち戻ってくる」

「え……えええええ？　いつまでですか？　いつ帰ってくるんですか？」

「君、騒ぎすぎだよ。そんなに寂しいのか？」

「ば、……ち、違います！」

「今、『ば』って言った？」

「言ってません！」

「言ったよ。『ば』って」

「だって馬鹿なこと言うからですよ。馬鹿の『ば』です」

「俺は傷ついた。ふかーくね」

「え？　いや、あの、それはどうもすみませ……」

頭を下げかける。その横をするっと夢センセが通りすぎた。

「ではさようなら」

「ちょっと待ってください！」

追いすがったときはもう遅かった。

彼は素早くドアを開いて外に行ってしまったあとだった。

慌てて追いかける。

が――次の瞬間、あっとなった。

「鞄……」

原稿の山と詰まった編集者の命とも言うべき鞄を、夢センセの部屋に置き去りにしてきてしまったのだ。ホテルのドアは一度出てしまうと自動で鍵がかかってしまう。あれがないと今日一日仕事にならない。

判断のつかぬままドアの前でおたおたしているうちに当の夢センセの姿は消えてしまった。やられた。〈編集者に変な罪悪感を抱かせてその隙に抜け出す作家の逃亡法初級編〉。いとも簡単にあんな手口に引っかかるとは。

それにしても、困ったことになった。

もしも、あと一週間でプロットが出来上がらなければ、いくら何でも執筆期間が足りない。

夢センセの携帯電話を鳴らしても、日中は電源を切るというのいつものルールのせいでつながらない。

こうなったら――自力で捜すのみ。

心当たりはあった。

ここ虎ノ門《とらもん》には、夢センセにゆかりのある人物が一人いるのだ。

わたしは、夢センセ追跡の第一歩を摑めるかもしれない喜びを胸に秘めつつ、フロントへ向かった。鞄を出してもらうために。

3

伊豆高原《いずこうげん》に向かう〈踊り子号《おどこ》〉に乗り込んだのは、翌日の午前九時だった。

前の日、〈ホテルオーハラ〉を出た足で、わたしは虎ノ門にある埴井邸《はにい》を再訪した。そこに暮らす未亡人の名は、埴井涙子《るいこ》。夢センセのデビュー作のヒロインと同姓同名であり、モデルとみてほぼ間違いない。だから夢センセが愛の逃避行でも企《たくら》んでいるのでは、と考えたのだ。夫が生きていた頃ならいざ知らず、今は二人の恋を阻むものは何もないのだから。

ところが――。

いくらインターホンを鳴らしても誰も出てこない。奇妙に思っていると、ちょうど散歩から帰ってきた隣の住民が埴井邸の玄関先にいるわたしを見つけ、「涙子さんなら昨日引っ越したよ」と教えてくれたのだった。

――たしか伊豆高原、とか言ってたっけねえ。詳しくは知らないんだけど。

伊豆高原――そう聞いてわたしにはすぐにピンと来た。『彼女』のヒロイン〈涙子〉の生まれ故郷が、伊豆高原なのだ。

物語は、東京で暮らす〈涙子〉が、夫と軽井沢《かるいざわ》で余暇を過ごしているときに、〈本木《もとき》〉に偶然遭遇するところから始まる。

〈涙子〉と夫の〈潔《きよし》〉、〈本木〉の三人は高校時代のクラスメイトだったのだ。〈潔〉も〈本木〉も、共に小説家志望で、日々文章の腕を競い合っていた。

最初に〈涙子〉と仲が良くなったのは〈本木〉だったが、二人は結局想いを確認し合わないまま卒業式を迎える。その翌日、〈潔〉が〈涙子〉に告白して交際がスタートし、大学卒業後、二人は結婚したのだった。

軽井沢での再会をきっかけに、かつての想いに火がつく〈涙子〉。やがて余暇は終わる。一時的な気の迷いだ、と自分に言い聞かせ、〈涙子〉は連絡先も聞かずに軽井沢を去る。

ところが——その後、法事をかねて実家のある伊豆高原へ一人帰省すると、そこで再び〈本木〉に出逢ってしまう。

〈涙子〉は高校時代、〈本木〉にラブレターを出すも、名前を書き忘れたために気づかれなかったという甘酸っぱい思い出を抱えていた。そんなことも知らずに〈本木〉は、美しくなった〈涙子〉に想いを募らせてゆく。かつて自分が思いを寄せた相手からの求愛。嬉しくないはずがない。しかし、それでも本心をさらけ出せず、過去のラブレターについても真実を言えない自分を、〈涙子〉は人魚姫と重ね合わせるのだ。

——このままでは本当に泡沫になって消えてしまう……。

そんな張り裂けそうな想いを胸に、彼女は伊豆半島の海岸で、そよぐ風に立ちつくす。

小説が現実を下敷きにしているならば、二人にとって伊豆高原は思い出深い土地であるに違いない。確信したわたしは、二人が一緒にいるという前提に立って涙子さんを捜し出すことにした。

涙子さんに聞いてみたいこともあった。

それは——夢センセの想いに応えたのか、否か。

『彼女』では、〈涙子〉が〈本木〉の愛から逃げ続けたがために、最後の悲劇につながってしまう。だが、現実はどうだったのか。それがどうしても知りたかった。

過去何度か提出された夢センセのプロットはミステリもどきのいただけない代物だった。これ以上、次なるプロットを指をくわえて待っているわけにはいかない。

もし過去の「続き」がわかれば、それを元に続編を書かせることもできる。

『彼女』は、わたしにとって特別な作品となった。その悲恋物語は、読み手の個人的な記憶を刺激せずにはおかないのだ。そんな悲しい恋をどこかでした憶えもないはずなのに、あたかも自分の重要な一部のように感じられる、そういう力を持っていた。

もっとも、一つだけ〈涙子〉に具体的に共感できるところもあるにはあった。たとえば、高校時代に好きだったクラスメイトに名前のないラブレターを書いたこと。けれど、わたしの場合は〈涙子〉のような劇的な再会も訪れることなく、平々凡々な人生を送っている。

編集者という肩書きは手に入れたが、日々忙しなく駆けずり回る、ロマンスとは遠い生活。同じ体験を持っていても現実と物語ではここまで違うものかと思うと泣けてくるくらいだが、その美しい物語の一端を自分も担っているのだと思えば、やりがいは果てしない。

夢センセの小説は、真珠なのだ。

海の底に眠る貝からとれた煌《きら》めき。

あともう一つでも二つでも、真珠を取り出してみたい。

わたしは夢センセ捜しと次作ネタ探しを兼ねて、翌土曜の朝、東京《とうきよう》駅に降り立ったのだった。仕事は山積みだが、日曜の夜に出勤すればどうにかなるはずだ。わたしは窓辺の席に陣取り、何度目かの再読を試みるべく持参した『彼女』をバッグから取り出した。〈踊り子号〉の車内は比較的空いていた。

と——わたしは視界の隅に、自分に向けられた視線があるのに気づいた。振り向こうとしていると——肩を叩かれた。

思いがけない顔を発見した。

「み、美船《みふね》君」

そこにいたのは、高校時代の同級生だった。あの頃と何一つ変わらない爽やかな笑顔で、彼が微笑んでいた。

「久しぶり。月ちゃん」

その声が——あの時代へと引き戻した。

「久しぶり……どうしたの？」

思わず、声が弾んだ。

隣の席に置いていたバッグを腕に抱え、「よかったら、隣来る？」と尋ねた。

「あ、ごめん。連れを待たせてるんだ」

彼の手には二本の缶コーヒーが握られていた。

「そっか……」

「月ちゃん、すごくきれいになったね。こんなところでまた会えるなんて思わなかったよ」

「わたしも……これからどこへ？」

「伊豆高原だよ。一泊しようと思ってね」

「え……そうなの？　わたしも実は伊豆高原に行くんだ」

「すごい偶然だな。この勢いで宿まで同じだったりして」

そう言って美船君は笑った。

あの頃、わたしを魅了し続けた陽光のような笑顔で。

そう、美船君は、わたしが名前のないラブレターを書いた相手だった。

「またね」

にっこり笑って去っていく彼の後ろ姿をぼんやりと目で追った。それから、首を振る。

現実に戻らなくては。

わたしは『彼女』のしおりを挟んであるページを開いた。しかし、どうにも気持ちが落ち着かない。どこか浮遊感がある。

窓の外に、目をやった。

「間もなく、熱海《あたみ》に到着いたします――」

放送が流れる。

青い海を望むリゾートエリアと、なだらかな斜面に連なる漁港の町並みが見えてきた。

わたしの気持ちはその青に吸い込まれるように、高校時代へ帰っていった。

4

わたしの心は過去へと遡《さかのぼ》り、出逢いの場面からを瞬時に駆け巡っていた。ときどき、わたしは何度でもこうして二人のゼロ・ポイントを振り返る。最初にこそわたしと彼のあいだに起こり得るすべての萌芽があるような気がしてしまうからだ。わたしは心のどこかでこの再会を望み続けていた。

——隣、空いてる？

初めて彼がわたしに声をかけたのは、家庭科の授業のときだった。彼は遅刻して家庭科室にやってくると、しゃがみ込んでわたしの隣に現れ、そう言ったのだ。

授業中だったこともあり、わたしは小さく頷《うなず》くにとどめた。

その日はオリジナルエプロンを作る裁縫の授業だった。わたしの隣で、彼は何度も針を刺し損ねていた。そのあまりに不器用な手つきに、見かねてわたしは言った。

——不器用ね。やったげよっか？

考えてみれば、それほど口を利いたこともないのに、出すぎた発言だった。けれど、彼は黙って差し出した。

——サンキュ。代わりに肩でも揉むよ。

——結構ですから。

思わず笑ってしまった。

それから、少しずつ互いの心の距離が近づいていったのだ。

そして、迎えた高校二年のバレンタインデー――。

わたしは彼にラブレターを出した。

名前を書き忘れたのは、意図してのことではなかったけれど、たとえ出す前にそのことに思い当たっても、結局名前を書く勇気はなかった気がする。

彼ならきっとわかってくれる――そう思ったし、わからないようなら気づかれなくて構わない、そのときはそう思ったのだ。

そのときは――。

彼は気づかなかった。

翌日もごく普通に挨拶をかわし、楽しそうに冗談を言う彼を見ていれば、彼がラブレターの差出人の正体に気づいていないことは明白だった。

ラブレター自体が彼に効果を発揮していなかったわけではない。その証拠に、彼は授業中に明らかに思いつめた表情で窓の外を見つめ、授業を聞いていなくて教師に注意を受けたりしていた。

――最近、お前変じゃないか？

親友のキヨが彼にそう言ったときも、彼は「ああ」とか「うん」とか答えただけで身が入らない様子だった。

――もしかして、お前恋でもしてんの?

――……お前に恋してやろうか?

――キモッ!

すぐに冗談に変えてしまう彼のさらりとした気質自体を好ましく思いながらも、どうにも本心が見えない彼の態度がもどかしかった。気づいているのか、気づいていないのか?

来る日も来る日も、そんなことを繰り返し考えていたある日――その出来事は起こった。

放課後の教室で、後輩の女の子が彼の胸にすがって泣いているのを見てしまったのだ。

わたしは一目散に逃げ出した。

あれ以来、すっかり恋に臆病になってしまった。

あのとき、名前を書いていれば――どうなっていたのだろう?

まるで『人魚姫』のような憂鬱を抱えながら、わたしは今日までの人生を過ごしてきた。

そして今日――彼と再会してしまった。

あたかも、この日のために、彼との出逢いからこれまでのすれ違いまでもが用意されていたかのように感じはじめている自分を、わたしは戒めた。

今のわたしには想っている人がいるのだから。

その人のことだけを考えなければ。

けれど――彼の笑顔に触れると、それが難しくなった。

やっぱり、まだ好き。

電車のアナウンスが響く。

わたしは、鞄を持ち、席から立ち上がった。

電車を降りた先に待っているかもしれない、新たな恋の展開を、十代の乙女のようにひっそりと期待する気持ちを抱きながら。

九月の高原の風が、さらりと髪を撫でた。

5

電車を降りると、前方に美船君の後ろ姿が見えた。

もう一度声をかけようと思ったが、その隣に女性がいるのに気づいた。白い帽子、白いワンピース、長い黒髪。肌は太陽の光さえすり抜けそうに白かった。

わたしは二人よりも遙か後方を気づかれぬようにひっそりと歩いた。

エスカレータに乗ったときのことだ。

美船君と彼女が前後に並んでいた。彼女は美船君の一段上にいて、彼を振り返りながら何か語りかけて微笑んでいた。

その顔を見て――わたしの、心のなかのかさぶたがぐずぐずと疼《うず》くのを感じた。

エスカレータを上りきった先で、二人はどちらに曲がったのか、あるいは土産ものコーナーに入ったのかトイレに入ったのかはわからないが、とにかく見失ってしまった。

でも、間違いない、彼女は——。

ぶつぶつと一人考えながら、わたしは改札を通って外に出て、すぐにタクシーを拾った。宿泊施設の名を告げると、あいよと威勢のいい声が返ってくる。齢《よわい》六十ほどの運転手は、初めからエンジン全開のハイスピードで走る。

「運転手さん、スピード出しすぎじゃないですか？」

「この辺りはこれくらいが普通だに」

「そ、そうなんですか？」

「日本なんてどこでも大抵は海岸だけんが、ここは日本のカリフォルニアだら？　だもんで、車も飛ばさにゃならんだに」

よくわからない理論だ。

彼は豪快に笑いながら、窓を全開にした。潮風が独特の匂いを帯びながら車内に入ってくる。真っ青なアメリカ西海岸の海とは違う、薄ぼんやりとした色は、それはそれで何とも言えぬ情緒を醸し出している。

灰色の空を映して曖昧な色彩を帯びた海を見ていると、心は再び遙か昔に遡っていく。

高校二年の頃——わたしは喜代《きよ》というクラスメイトの女子と友達になった。自分とは正反対で、サバサバとしたタイプの子だった。彼女は美船君とも、同じテニス部ということで仲がよかった。

そんなこともあって、わたしはあるとき、喜代に自分の想いを打ち明けた。

——何だ、ツッキー、美船なんかが好きなの？　ちょっとそれ趣味悪くない？　笑っちゃうんだけど。

こんがりと日に焼けた太腿を机の上でどかっと組み、朗らかに笑って彼女はそう言った。

——告白すればいいじゃん。アイツならきっと簡単に落ちるって。

——そんな……恥ずかしくて、できないよ。

そのとき、口で言えないならラブレターにすればいいじゃん、と彼女が提案してくれたのだ。

わたしは彼女の言うとおりにした。結局、名前を書かなかったから、美船君に気持ちがうまく伝わったのかわからない状態が卒業まで続いたけれど、気持ちは幾分すっきりしたものだ。

あの頃は、女子同士で騒ぎ合っていれば時間は自然と過ぎていったし、それで何も寂しいことなんかなかったのだ。

そうして、卒業の日まで、喜代との友情は続いていた。

それなのに——どうして？

今日、美船君と一緒にいた女、あれは——間違いなく、喜代だった。あの頃みたいに肌はこんがり焼けてはおらず、太陽を知らないように白かったけれど、間違いない。

彼女は、美船君のことが好きだったのだろうか？

あの頃から？

それとも、卒業後、好きになった？　それならわかる。人生には何が起こるかわからない。偶然が二人を引き寄せたというのなら納得できるのだ。

しかし——もしも高校時代から好きだったのだとしたら、わたしは完全に騙されていたことになる。

「どうでもいいことじゃない、今さら」

「ん？　ねーちゃん何か言った？」

心の中の呟きのつもりが、いつの間にか口をついて出てしまっていたようだ。

「あ、いえ……すみません。あと何分くらいですか？」

「何分っつったら難しいずらぁ」

「そんなにかかるんですか？」

「んん、そうなぁ。あと十秒とか五秒とかそんくらいはかかるに」

「え……？」

言っているうちに、タクシーが止まった。

白樺の立ち並ぶ涼しげな道路の脇に、鬱蒼《うっそう》とした緑の生い繁《しげ》る小道が伸びている。石段を目で辿っていった先に、蔦の絡まるリゾート感あふれる木造のコテージが見えた。

「ねーちゃん、あんまり思いつめんほうがいいべぇよ」

「え？」

「感傷と恋は似ているけんが、違うもんだで。そこをはき違えると――人魚になるに」

「……どういうことですか？」

「感傷と恋。わかるら？　人魚姫は陸の世界に憧れた。王子は陸のシンボル。中身なんて何でもよかったずら」

人魚姫というキーワードが、思いがけぬ人物の口から飛び出したことに驚きつつも、礼を言って車を降りた。

チェックインしたらすぐに動かなければ。

あまり時間はない。

『彼女』の舞台のどこかに、涙子さんはいるはずなのだ。

そして、恐らくは夢センセも――。

いちばん可能性が高いのは――〈マーメイドブリッジ〉だ。

その付近に〈涙子〉の家がある、という描写が本文中にある。〈涙子〉は橋の上を歩いているときに、休暇で戻ってきていた〈本木〉に再会してしまうのだ。

二人が互いの消えやらぬ炎を再確認する舞台にもなっていくその場所の近くに、現実の世界の涙子さんの実家もあるのかもしれない。小説のとおりなら、母親が一人で住んでいるはず。

コテージふうの建物は事務所のようで、周囲に点在する方形のこぢんまりとしたログハウスが宿泊施設らしい。

愛想のいい受付のおばちゃんは「昨日息子が珍しく帰省してきてさぁ、嬉しいもんでサービスするに」などとこちらにべらべらとしゃべり続ける。へえとかすごいですねとか相槌を打つこと十分、ようやく解放され、裏手に向かう石段を上がって九号棟に向かう。まずまずの広さ。ベッドのクッション性能も申し分ない。シャワールームもきちんとついているから、普通のホテルに比べ何ら遜色はなかった。わたしはほど良く快適な空間に満足しつつ、荷物を下ろし、必要なものだけを持ってログハウスを出た。

事務所に戻ってみると、先ほどの受付のおばちゃんのいたところには、無精髭《ひげ》を生やし、サングラスをかけたアフロヘアの男性が雑誌を読んでいる。あれが息子らしい。よかった。もうおばちゃんに話しかけられなくて済む。わたしはカウンターに鍵を預けた。

それから、外に向かうべくドアを開けると、ちょうど入れ違いざまに入ってくる客があった。

「あっ」

思わず、声を上げてしまう。

そこに――美船君と喜代の二人が立っていたのだ。

「ツッキー……」

今度は、喜代もこちらに気づいたようだった。

さっきのような炎天下で遠目に見るのと、屋内で間近に見るのとではだいぶ印象が違った。あの頃とは別人のように濃いメイクをしている。美しくはなったのかもしれない。女らしくもなったかもしれない。

けれど――わたしは昔の彼女のほうが好きだった。今の彼女は、どこか不健康な印象を与えた。

「げ、元気？　ちょっとー、久しぶりじゃん」

明るい調子を取り繕ってはいるが、喜代の声は上ずっていた。

「久しぶりね。喜代も元気？」

「元気に決まってるじゃん。今はね、アパレルで働いてんの」

それから、ハッと気づいたように美船君から身体を離した。

「あのね、彼とは社会人になって偶然……ほら、二、三年前にできた〈Bシップ〉ってブランド知ってるでしょ？　あれ、彼が立ち上げたの。ファッションショーの会場で偶然再会しちゃったのよ。それで――アハハ……」

「意外な組み合わせだけど、とってもお似合いね」自分でも嘘くさいと思いながら、さらさらとそんな台詞が口をついて出てきたのは、要するにわたしのテンションがおかしくなっているのだ。

「そっか、泊まる場所が一緒なんて、すっごい偶然。また夜にでも話しましょ」

心にもないことを言いながらドアから半歩外に出た。逃げ出したかったのだ。「うんうん、絶対よ」と引きつったままの笑顔で喜代も答えた。

そのあいだじゅう、美船君はわたしの顔をただ凝視していた。

居たたまれなかった。

負け犬――全然そんなものではないはずなのに、そう肌で感じている自分がいた。

違う違う、と慌てて打ち消す。

喜代も言っていたではないか。美船君と彼女は成人してから偶然仕事で再会して恋に落ちたのだ。あの頃から好きだったとか、裏切られたとかではないのだ。もっと素直に祝福しなくては。

なのに――なぜだろう？

気持ちの糸はどんどんもつれていく。

雑念よ、去れ。

今は仕事で来ているのだ。仕事のことだけ考えよう。

階段を下りて行くと、まださっきのタクシーが止まっていた。

「ねーちゃん、乗るかい？」

「……待っていてくださったんですか」

「なぁに、この宿はうちの女房が道楽で始めたもんだで」何とさっきのおばちゃんのご主人だったとは。「それに、チェックインしたらみんな一度は町をうろうろしたがるさぁ」

ドアが開く。

「乗りな。おっと、その前にどこかの女に王子を奪われたみてぇな辛気くさい顔を何とかせにゃあ」

思いがけず痛いところを突かれたことに戸惑いつつ、「これでいいですか？」と無理やりぎこちない笑みを作って合格をもらい、開いたドアからタクシーに乗り込んだ。

ドアが閉まると、タクシーは静かなエンジン音を立てて動き出した。

6

「すっごい偶然だよね」

喜代が走り去るタクシーを見ながら言うのに対して、俺は適当な相槌を打った。

「ああ。まあ偶然はそこらじゅうにあふれてるさ」

それを必然と捉えるか、偶然と捉えるかは、人の気持ち一つ。

ただ、このときの俺の正直な気持ちを言えば——得体の知れない期待に微かに胸が躍るのをどうすることもできなかった。

なぜだろう？　なぜ俺はあの女との再会にこんなにも浮き足立っている？

井上月子——高校時代、たぶん、いや、絶対に俺に気があった子だ。あの頃の地味でいかにも文学少女然とした雰囲気よりも、いくらか垢抜けていた。

女は変わる。成長の階段を数歩抜かしで駆け上がったに違いない。お気楽な生き物ならではの変身だ。男はそうはいかない。たとえば、俺が高校時代から進化したところがあるとすれば、多少目のぎらつきが減ったことくらいだろう。

だが——それだけの理由ではないはずだった。単にいい女を見たときのそれとも違う、どこか心の柔らかい部分を触られたような感触が伴う。

何なんだこれは？

「彼女、今のあんたが有名ブランドの社長だって聞いても大して感心してなかったわねー。昔はあの子もあんたのことが好きだったのよ？」

「知ってるよ。目を見ればわかるんだ、そういうの」

「テニスやめたってだけで、ファンはみんな離れていくものねえ」

「うるさいよ」

プロのテニスプレイヤーになる夢を捨てた俺は、大学卒業を待たずに親父の運営するファッションブランド〈ミフネ〉の副社長となった。何もしなくても得られる、初めから用意されたポスト。俺はそこから逃れるための翼を、神にもがれてしまったのだ。

こうして第二の人生がスタートした。はじめのうちは退屈で厄介なことの連続だった。テニスプレイヤーになっていれば関わらなくてもよかったような書類の山とも格闘しなければならないし、まずもってブランド品の良しあしはわからなかった。

ただ、思わぬ形で、運は俺に味方した。副社長になった翌年に親父が死に、次期社長の座が回ってきたのだ。もっとも、首をつけ狙う側近が多すぎて、そのまま敷かれたレールを転がっていればいいというほど暢気《のんき》な状況でもなかった。だから、俺は彼らが俺をコントロールできないように新しいブランドを立ち上げることにした。〈Bシップ〉だ。

きっかけは、気まぐれに描いた船のロゴだった。親父の考案したシャツの生地や型はそのまま継承しつつ、ロゴとカラーだけを刷新したのだ。淡色の多かったそれまでから、蛍光色を多用したのも、際立った特徴としてプラスに受け入れられた。たった二点の変更だけで、世間は俺をあたかもファッション界のニューリーダーのごとく扱うようになった。

しかし、そうして見かけ倒しの異端児としてアパレル界を闊歩し続ける俺が、片時も離さずに持っているものが一つだけあった。

それが——高校時代にもらった一通のラブレター。差出人不明のそのラブレターは俺の励みになった。

〈ラケットを振る姿、いつも見ています。部活のあと、一人で残って練習している人一倍努力家の美船君をこれからも応援してるね。大好きです〉

それまでもラブレターならいくつももらってきた。だが、大抵がラケットを振る姿がカッコイイだとか、それに準ずる内容がほとんどだった。

テニス部の主将で、エースとして活躍していた俺が、陰でどれほどの努力をしているかなんて誰も興味がないのだ。ただ上手にプレイする俺を見てちやほやしたいだけ。

でもその手紙の差出人は違った。

俺の苦労する姿をちゃんと知っていた。そして、あの美しい字。尻の据わった字が書けるのはいい女の条件だ、と幼い頃から父に言われていたのがこびりついていたせいかもしれない。俺はその折り目正しい文字の紡ぎ手をどうしても一目見たいと思った。

だが、結局手紙がきたのはその一回きり。卒業まで謎は解けなかった。その後もきっと彼女はどこかで俺を見ていると信じてテニスをプレイし続けたが、大学に入ってすぐに靭帯を傷め、ついにテニス生命が断たれた。

テニスをやめた途端、俺を慕っていた馬鹿な能無しの女たちは次々に去っていったが、それでも生き続けてみようと思ったのは、ラブレターに勇気づけられたからだ。

まだ彼女は俺を見続けている。

そう思いたかったのだ。

「大丈夫よ、私はあなたを見捨てたりしないわ」

喜代はそう言って豊満な胸を俺の腕に押しつけた。

再会を祝ったのは、とあるファッションショーのあとのパーティーでだった。久々の再会を祝って二次会から場所を移してバーで飲んでいたとき、彼女はこう打ち明けたのだ。

――二年のバレンタインデーのとき、名前の書いてないラブレターが下駄箱に入ってたでしょ?

――ああ……なんでそれを?

彼女はふふっと笑いながら、恥ずかしそうに両手で顔を覆った。

それから、言った。

――あれね、私なんだ。

――え?

――〈部活のあと、一人で残って練習している人一倍努力家の美船君をこれからも応援してるね。大好きです〉

その言葉は、俺が何年も頭のなかで繰り返し唱え続けていた言葉でもあった。

わが目を疑いつつ、彼女を見た。あの頃の彼女は、いつもサバサバしていて、男友達のような感覚でしか接したことがなかったが、大人になった彼女には女の色香のようなものが備わっていた。

当時のスポーツウーマンな彼女には似つかわしくない文字も、今の彼女には似合っている。きっと、卒業してから外見が文字に追いついたに違いない。

神は俺を見捨てなかった。

俺はこのときの偶然を運命と呼び、その晩彼女と一夜を共にした。

それ自体は、満足できるものだった。

だが――何か引っかかった。彼女はあまりにも動物的すぎ、また、即物的でもありすぎた。趣味はショッピングだと言って、休日になるとパリにまで出向いて高級ブランド品を買い漁った。性欲も強く、俺は自分の身体がいつかからっぽになるのではないか、という危惧を真剣に抱いた。

そして先月、「結婚して」と言われたとき、俺は頷きながら何とも言えない虚無感に囚《とら》われたのだ。ここが俺の理想郷か。

俺はいったいあのラブレターに何を夢見ていたのだろう？

現実はこんなものだ。喜代だっていい女じゃないか。昔から馬は合ったし、それが美人に化けていて、そのうえずっと俺のことを想っていたと言うんだ。ラブレターに支えられてきたろくでなしの男が、差出人とめでたく結ばれる。

素敵な運命じゃないか。

それなのに——何なんだ、この空虚さは。

そして——久々に月子を見た瞬間の不思議な胸の高揚は、まるでその空虚さの裏返しのように思われた。

受付にいたアフロヘアの男が「ご記入ください」と言ってペンを差し出した。

「喜代、書いておいてくれ」

「しょーがないな」

彼女がサインをするのを、俺は何気なく横目で眺めていた。

きったねー字。

粗雑な、彼女の性格をよく表している。

ん？

汚い字？

それは——おかしい。

考えてもみれば、俺はこれまで彼女が字を書くところを見たことがない。だが、これまでの人生で何度となく見てきたあのラブレターの文字と、記入された喜代の文字が同じでないことは一目瞭然だった。

落ち着け。俺は自分に言い聞かせた。

字は場所によって変わる。自分だってそうではないか。仕事の書類を書くときと親に手紙を書くときでは違うし、客へのサンクスレターはまたひときわきれいに書く。ふだん書く字とラブレターともなれば気合いを入れて書いたかもしれないではないか。

はまるで違うものになることも考えられるだろう。

そうだ。

一度ゆっくり目の前で字を書いてもらおう。口実は何でもいい。

しかし——。

このとき、俺の心を捉えたのは、その汚い喜代の字ではなく、一つ上に記された名前だった。

井上月子。

その、尻の据わった美しい字を見た瞬間——身体のなかの滞ってどろどろとしはじめていた血液がすうっと浄《きよ》められていくのを感じた。

見間違えるはずはない。

何度も見てきたラブレターなのだ。

今、宿泊客名簿に記された井上月子という文字は、まごうことなく高校二年のときのラブレターの筆跡と同じだった。

なぜ月子とラブレターの筆跡が同じなのか？

考えるまでもないことだ。

彼女こそが、ラブレターを出した人物だったのだ。部活が終わったあとに練習し続ける俺の姿を陰から見守り続けてくれていた女。

しかし——ではなぜ喜代はラブレターを書いたのが自分だ、などと言ったのだろう？

いや、それだけではない。なぜ彼女はラブレターの内容を知っていたのだろう？

まさか——俺が下駄箱から発見するよりも先に中身を？

俺は不審げな目で喜代を見つめた。

やがて、その視線に気づいて、喜代が振り返り微笑んだ。

「どうしたの？　ちょっと、見惚れないでよねー」

「すまん。あんまりキレイだったものだから、つい」

もうやだー、などと言いながら、彼女はアフロヘアが灰色のキーケースから取り出してきた八号棟のキーを受け取り、外へ出た。

俺は、その後ろ姿を確認しながら、名簿に隈なく目を通した。

井上月子のチェックアウトは、明日。

時間がない。すぐに喜代に確認しなければ。

「お客様、どうぞあちらですよ」

受付の男がわかりきったことを言ったので、俺はそいつを睨みつけてやった。

それから、もう一度名簿に目を落とした。

「あまりお客様と関係のない箇所をじろじろ見ないように」

アフロヘアが生意気なことを言う。俺は睨んだまま舌打ちをし、それとなく案内図に目を走らせた。

月子のログハウスは、俺たちのログハウスの隣だった。

神は、まだ俺に味方してくれているようだ。

「ねー、何してるの、早くー！」喜代がドアの前で呼んでいる。

「悪い悪い」

ほくそ笑みながら、俺はゆっくりと喜代のほうへ歩き出した。

7

恋愛小説に魅かれるようになったのは、恋に一歩を踏み出せないこのポンコツ精神と無関係ではない。今の出版社に入社できたのも、恋愛小説こそわが青春、わが人生と面接で熱弁を振るったからだ。

結局、リアルな恋愛経験に欠けるがために、この歳になるまで恋と感傷の違いが明確にはわかっていないところがある。先輩から担当を引き継いだ大御所作家の文庫化作業などで勘違い甚だしい発言をして、「君、恋愛したことあるの?」などと失笑を買うこともしばしばだ。

まだ半人前どころか十分の一人前。

それでも――わたしにとって夢センセに出会えたことは大きかった。彼の作品と出会って、自分が恋愛小説に何を求めていたのかをはっきりと思い出すことができたのだ。

あの香り立つような文章。どこか外国風でもあり純和風でもあるような不思議な感性、そして男女のあいだに漂う緊張感と甘酸っぱさ――夢センセの小説には、そのすべてが詰まっていた。

あの作品さえ読んでいなければ、猛毒を孕《はら》む話術と論理のあやで獲物を絡めとるタランチュラのような男と一緒に行動などしないで済んだろう。しかし、『彼女』のような恋愛小説を再び読みたいと願うなら、そのタランチュラをうまく操っていくしかないのだ。

「それなのに夢センセときたら――」

今さらのように腹が立った。

先ほど自分が遭遇した何とも後味の悪い出来事の責任さえ、夢センセに転嫁したくなる。

「その〈マーメイドブリッジ〉に行ってどうするんかね、ねーちゃん」

「ちょっと取材です」

間違いではない。涙子さんの家を探し、夢センセがいるかどうかを確認する。そのうえで、涙子さんからも恋のエピソードを拝聴し、ひとまず編集長という難関を突破できそうなプロットを練り上げる。もうリミットが迫っているのだ。

「わたし、伊豆高原って初めて来ました。ここは別荘地ですし、観光客も多いんでしょうね」

「観光客？　夏は多いさぁ。でも夏の稼ぎで一年間食べていけるほど世の中甘くないに。それに日頃ここに住んでいるのは年寄りばかりさぁ。みんな夢の隠居生活を求めてやってくる。みんなね。ところが、実際には足腰が衰えて、一人じゃ出歩きもできなくなる。この町は、ちょっとずつ心臓を弱めてるに」

心臓を弱めている……という表現にドキリとする。のどかな田舎の風景。少し風変わりな建物が多く見受けられるのが面白いなどと思っていたが、実情はどうやらもう少しシビアなもののようだ。

「あんたが言ったそのエリアも、今はかなり寂れてるに。本当にそんなところに取材に？」

「ええ。ちょっと、ある人の家を訪ねに」

「あの辺りにあったかねえ……」

民家の事情まではいくら地元のタクシー運転手も知るまい。あの小説が現実をなぞっているのなら、あるはずだ。

そして――実際にわたしはそれを見つけた。

ピンクのペンキが剝げかけた邸宅。その表札には掠《かす》れた文字が見えた。

碓氷名《うすいな》。

小説の中に出てくる〈涙子〉の旧姓。

わたしは一度精算を済ませてタクシーを降り、インターホンを押した。だが、何度押しても誰も出てくる気配がない。

「あの、すみません誰か……」

「ねーちゃん！」

タクシー運転手が背後から叫んだ。

「そこ、人住んでないって」

「え……？」

「ほれ、見てみい」

彼が助手席の窓から身を乗り出して示したのは、郵便受けだった。そこには、ガムテープが貼られていたのだ。

ここが涙子さんの実家なのは間違いない。

なのに、涙子さんがいない？

彼女は故郷である伊豆高原に帰ってきているのに、実家に帰っていない、ということか……。いったい、なぜ？

「もう亡くなってるんじゃねえか？　ここの家の人」

その言葉は——結果的に正しかった。わたしはその後周囲の三軒を訪ねて回り、そこで碓氷名家の母親が今年、病気で亡くなった事実を知った。

　これで、夢センセの足取りも辿りづらくなった。

　すっかり意気消沈したわたしを、タクシーの後席ドアが温かく手招きしていた。わたしはがっくりと肩を落として乗り込み、深い溜息をついた。まったく絶望的なわけではない。涙子さんの出身校を探り、友人を辿って彼女の足取りを追うことは不可能ではないだろう。しかし——それには探偵並みの労力がいる。明日には東京に戻って溜まった仕事を片づけなければならないような新米編集者にはとても時間が足りない。

　こんなとき、夢センセならさらりと解決案を出してくれるだろうに。と、夢センセ捜しが目的なのに、夢センセを心の頼みにしている自分に気づいて勝手に動揺した。

　フン、ミステリが好きってだけじゃない……。

　頼りにしてるとかじゃないんだから。

「何をぶつぶつ言ってるずら？」

「え……」

　いつの間にか声を出していたようだ。

「尋ね人は故人だったか。なら、とりあえず墓参りでもするべぇよ」

「え？　お墓参り？」

「ほれ、その家の裏手に見えるの、集団墓地ずら？」

　捜しているのはその娘です、とも言えず、わたしはすごすごと再び降りた。お墓の周囲は藪蚊が多くて身体中痒くなりながら早足で現場に向かう。

墓の数はせいぜい二十足らずで、すぐに碓氷名家の墓も見つかった。軽く手を合わせてすぐに失礼しようと思っていると——。

その墓の前に、花束があるのが見えた。濃いピンクなのにどこか品が良いその花は、今日のうちに供えられたもののようだった。

花の包みには『芙Ｌａ和《フラワ》』とあった。わたしはその包みのロゴの部分だけを手でちぎりとると、タクシーに戻った。

「運転手さん、この花屋さん、知ってますか？」

「おお、ここから十分くらい行ったとこかねえ」

「そこにお願いします」

「なるほど、尋ね人は故人じゃねえようずら。あんた、本当に仕事で来てんのかい？　案外、逃げた王子様を追ってきたとかじゃ……」

「違いますから！　早く出してくださいよ！」

はいはい、と言いながらタクシー運転手は車を発進させた。

ほどなく現れた花屋『芙Ｌａ和』は、小洒落た雰囲気の店だった。わたしは花々に囲まれた狭い通路を通って奥へ向かった。

「いらっしゃいませ」

元気よく現れたのは三十代半ばの女性だった。

「あの、今日こちらでコスモスの花を買ったお客さんがいたと思うんですが……」

「今日？　今日はまだそんなお客さんいないと思うけど……。ちょっと待ってね」

彼女はそう言って一度奥に戻った。

「ルイちゃん、ねえ、今日コスモスを買ったお客さんていた？」

奥から――もう一人女性が現れた。

その長い黒髪。深い悲しみを吸い込んだガラスのような瞳。

現れたのは、埴井涙子その人だった。

彼女も、わたしのことを覚えていたようで、あっと詰まるような顔になった。

「涙子さん、少しだけお時間いただけませんか？」

「………」

涙子さんはきゅっと口を結んでわたしをひと睨みしたあと、店主の顔をちらりと振り返った。

「お店なら私がいるんだから、いいわよ、ゆっくりしてきて。角を曲がったところに喫茶店があるわ」

涙子さんは頭を下げ、それから私に「少しだけなら」と言った。

彼女と夢センセは一緒にいるのではないのだろうか？

今、夢センセはどこにいるのだろう？

「ありがとうございます」

わたしは、彼女を引き連れて、店を出た。タクシーの運転手が、大口を開けて眠っていた。

振り返ると、店から出てきた涙子さんは、痛みに堪えるかのような苦しげな表情を浮かべていた。まるで——陸に上がって歩きはじめた〈人魚姫〉のように。

「本木君のことも、あの小説のことも、私には何も関係がありませんから」

童話の中の〈人魚姫〉は、歩くたびにひどい痛みを伴ったという。そんな痛みを我慢するほどの想いが、ただの感傷なわけがない。

二人は同じところに宿でも取っているのだろうか？

それとも——。

——涙子さん、あなたと夢センセの恋の結末を教えてください。まだあの小説で終わりではないはずです。そして、どこまでが本当の話なのか、それを教えてください。

わたしは、これから尋ねるべきことを頭のなかで繰り返しながら、曖昧な笑みを浮かべて先を促した。

8

夕食のあと、俺は受付前のソファに腰かけ、井上月子の帰りを待っていた。

お帰り――その一言を言うために。

さっき外で車の停まる音がした。もうすぐだ。

俺はすでに確信していた。

井上月子。彼女こそ、高校二年のバレンタインデーにラブレターを寄越した張本人。

その証拠を――俺はすでに手にしていた。

夕食の前、俺の叔父の誕生日がもうすぐだからと嘘をついて喜代に手紙を書かせた。が、字の汚さは、受付で記入したときとそれほどの違いは見られなかった。

さらに、俺がじっと字を見つめているのに気づくと、喜代は何かを察知したようだった。急に手が震え出し、何度も間違えては新しい紙を使って書き直した。俺が何のためにこんなことをさせているのかを理解したのだろう。それはニセモノにとっては苛酷な試練に違いない。

ニセモノにとっては。

――なあ、君は俺が部活のあと、遅くまで練習するのを見ていたんだろう？　バースデーカードをどうにか書き上げた彼女に、俺は懐かしい話題でも振るような調子で問いかけた。

――え？　ええ……そうね……。

――あの頃の練習はちょっと無茶苦茶だったよな。バーベルを振り回すなんて、あんなことをしてなければ俺は靭帯を傷めずに済んだのにな。

――本当にね。私も見ていたんだから、止めてあげるべきだったわ。

愚か者め。

俺は心の中で彼女をあざ笑った。

放課後の練習でバーベルなど使ったことはない。彼女が高校時代から俺を好きで、放課後の俺の姿まで見ていたというのなら、その嘘にすぐに気づけたはずだ。

もう言い訳の余地はない。

問題は――なぜ彼女がそんな嘘をついたのか、だ。

もちろん、俺を好きになったからには違いない。だが、彼女が好きなのは高校時代の俺ではなく、アパレル業界で成功を摑んだ俺なのだろう。

彼女は現在の、抜け殻に金粉を施した俺を愛しているのだ。

いや、もっと言えば、彼女が愛しているのはその表面の金粉だけかもしれない。

腹の底から怒りが込み上げてきた。

気がつくと、鉛筆を親指でボキッと折っていた。

それを見て、喜代は怯えた表情を作った。怯えるがいい。自分がしでかした不実な行為の代償に震え上がるがいい。

――散歩に出てくる。

このままなら、本当に喜代を殺してしまいそうだった。俺は頭を冷やす意味で一度散歩に出た。

周辺の小道を散策して戻ってくると、彼女はシャワーに入ってしまっていた。好都合だ。

俺は再びログハウスを出て月子の泊まっている九号棟をノックした。だが、まだ帰ってないようだった。時刻は夜の九時を回っている。ここは、十時以降の出入りを原則として禁止している。月子もそれまでには帰ってくるだろう。

そう考えて事務所のソファで月子を待つことにしたのだった。

外で車の停まる音がし、次いでドアがバタンと開閉される音がする。

それから、エントランスの階段を駆け上る音——。

ドアが——開く。

月子が現れた。

「美船君……」

「お帰り。ずっと待ってたよ」

「どうして……」

彼女の顔に、微かに赤みが差す。間違いない。彼女は俺のことを今でも愛しているのだ。

受付でアフロヘアの男から鍵を受け取ると、彼女は俺のほうへとやってきた。

立ち上がって彼女に近寄り、その手をとった。

緊張が走るのがわかった。

俺は彼女を抱き寄せようとした。

だが——。

「どうしたの、美船君？　酔ってる？」

彼女はするりとそれをかわして尋ねた。

「いや、一滴も飲んじゃいないよ。それより——君に謝りたいんだ」

「謝るって？」

「高校の頃のことさ。君は俺にラブレターをくれた。そうだろ？　なのに俺は……」

「……わたしじゃないわ」

彼女は手を振り払って身を引き、俺に背を向けた。

「え？」

「それに、仮にわたしだったとしても、高校時代のラブレターなんて大昔のこと、この歳になってまで覚えてないと思うなぁ」

「そんな……」

嘘だ。

そんなはずは——。

「な、何を……俺はこれまでずっと君の手紙に励まされてここまで……」

彼女は背を向けたまま、ドアへ向かいはじめた。

「美船君、勘違いだよ。わたしじゃない。それに、美船君にはあんなに素敵な彼女がいるんじゃない。きちんとつかまえていてあげなきゃダメだよ。喜代、昔からああ見えて寂しがり屋なんだから」

月が——雲に隠れてしまう。

ダメだ。

「時間を巻き戻したい。あのときまで……」

「だから……戻るような時間も場所も、ないよ。それはね、ただの感傷なの」

「違う……」

頼む。

このために俺は今日まで頑張ってきたんだ。

行かないでくれ。

俺の——月よ。

「久々に会えてよかったよ！」彼女はふぁーっとあくびをした。「疲れたから、わたし、もう寝るね。じゃあ、お休み」

一度も俺に顔を向けずに手だけ振ると、月子は自分のログハウスへと引き上げていった。

唾をゴクリと飲み込む。

現実は——クソだった。

俺の人生を長い間つないでいたリードが、完全に切れた。

何もかもぶっ壊そう。

失われた過去を取り戻すには、それしかない。

俺は受付カウンターに近づいた。合鍵があるはずだ。鍵の場所ならさっきアフロヘアの動きを見ていたからわかる。

ついさっきまでいたはずのかの男の姿も、奥に引っ込んだものか、今は見当たらない。

今なら人目を気にする必要はない。

そっと入り込むと、奥に見えるグレイのキーケースを開け、そこから彼女のいる九号棟の鍵を手にした。

それから、八号棟に戻った。

幸いなことに、喜代はまだシャワーを浴びている最中のようだった。流しの下に常備されていた果物ナイフを取り出し、その隣にある赤い玉を隠し持った。

シャワールームを覗いた。

カーテンの向こう側から暢気な口笛が聞こえる。

俺は、そのカーテンを引き開けた。

「あっ……」

シャワーは壁に向けられており、さらさらと流れていた。

「お客さん、お帰り」

そこにいたのは——受付のアフロヘアの男だった。

男はシャワールームのなかで焼きそばを頬張っていた。

「あんたは……」

「久々に帰ってみりゃ、ずいぶん物騒なお客さんが泊まってるじゃないか。あんたの恋人なら、さっき泣きながら逃げていったよ」

「逃げた……」

「あんたが散歩に出た直後さ。『殺される、助けてください』って泣きじゃくりながらフロントにやってきたよ。嘘がバレたとか何とか言ってたね。あんたの大事なラブレターの書き手だと偽ったんだって？　で、その本物がたまたま隣に泊まっていたがためにバレた、と」

「何を言ってるのかわからんな。彼女の妄想じゃあ……」

「かもしれないな。でも、まあ妄想であれ、嘘をついていたのであれ、そのために果物ナイフで刺されたんじゃ報われない」

ハッとした。

右手に持ったままの果物ナイフを、隠し忘れていたのだ。

「違う、これは、そういうんじゃ……彼女を殺すつもりはなかった」

「まあ殺してないんだから言い訳はあんたの自由だよ。同じ言い訳を警察署でもすればいい。これから通報する」

「よせ……」

俺は男に飛びかかろうとした。

そのはずみに、ポケットから何かがごろりと落ちた。

それは、俺が踏み出そうとした足と地面の間にちょうど滑り込んだ。とたんに俺は足をとられ、後方へよろめく羽目になった。

ガツン。

後頭部に衝撃があった。

俺は倒れた。

「これ、どうするだ？」

フライパンを持った——六十代のタクシー運転手風情の男が頭上に立っていた。

「とりあえず警察だね、親父」とアフロが答える。

「だな」

それから——タクシー運転手はニッと俺に笑いかけた。

次の瞬間、再び頭上にフライパンが振りかざされた。

意識が——遠のいていく。

「婚約者を殺そうとしただか？」

「らしいね。金になびいた嘘つき姫と、女の言葉に騙された哀れな王子。王子は遅まきながら嘘に気づき、嘘つき姫を殺しにかかった。ありうべき、『人魚姫』の後日談さ」

違う。

俺は——ただ最後に——リンゴを用意していこうと思ったのだ。リンゴは要るかと尋ねるために、バスルームに入った。

さっきポケットから落下し、俺を転ばせたのは、赤いリンゴだったのだ。

喜代はリンゴが好きだ。リンゴさえ食べさせておけば機嫌がいい。

その間に、隣に押し入って、月子を殺す。

彼女がこの世から消え、俺があの手紙を燃やせば、誤った過去は消え、あるべき未来もなくなる。俺は自由になれる――はずだったのだ。

だが、大丈夫だ。警察を呼ばれたところで、足元にリンゴがある以上、いくらでも言い訳はできる。喜代が出て行ったのは、ただの痴話喧嘩の範疇《はんちゅう》。彼女だって落ち着きを取り戻せばわかるはずだ。何も問題はない。後ろめたいところは何も――。

「最後に残るのは――人魚姫の感傷、か」

いや、待て。

失われていく意識のなかで、俺は何とかポケットに手を伸ばそうとした。一つだけ問題があることに思い至ったのだ。

「ん？　何かポケットから光るものが見えるぞ」とアフロが言う。

よせ。やめろ。

「鍵だ。コイツ、九号棟の鍵を持ってる。カウンターから盗んだみたいだな」

そこで――意識が失われた。

9

パトカーに追いかけられる夢を見ていた。

何も悪いことをしていないのに、なぜだろう、と思っていた。

――逃げよう。

そう言って手をとったのは、美船君だった。

でも、それは高校時代の美船君とは別人の、恐ろしい鬼のような顔をした美船君だった。

わたしは怖くて、手を振りほどこうとした。

けれど、それは見間違いだった。

そんな鬼も、美船君も実際にはいない。

そこはいつもの〈ホテルオーハラ〉で、夢センセが外のパトカーを見て弱々しい笑みを浮かべていた。

――夢センセ、逃げますよ！

わたしは夢センセの手を摑んで逃げはじめる。

現実の世界のわたしには欠片《かけら》も持ちえない積極性で。

わたしを見ているもう一人のわたしは、そんなわたしが羨ましくて仕方がない。

なぜならその手は――わたしが最も触れていたい……。

「チェックアウトのお時間でーす！」

「ぐわわわ！」

突然勢いよくドアが開いたかと思うと大声でそう言われ、わたしはベッドからずり落ちた。

ドアのところにいたのは——夢センセだった。

「あ……」夢センセはわたしの胸の辺りで目を止め、絶句する。

「あああああっ」

何たる失態。昨夜ジャージに着替えるのが面倒で下着のまま眠ってしまったのだ。

「わ……ちょ……で、出てってくださいよヘンタイ！」

わたしは枕を投げた。

夢センセはドアを閉めながら、ドア越しに言った。

「なんで鍵もかけないで寝てるんだ、この不用心女」

「かける習慣がないんです」

「殺されるぞ。まあ鍵かけてても殺されるときは殺されるけどな」

「そんな心配ないですって、こんなところで」

「とにかく気をつけろ、まだ若いんだから。親が泣くぞ」

夢センセの声の調子はいつになく真剣だった。

それにしても――。

「どうして夢センセがここに？」

「君こそ何してるんだ？」

「わたしは――休暇です」

「へえ、休暇ねえ」まるで信用していない声だ。

「ゆ、夢センセこそ何してるんですか」

「チェックアウトしたら教えてやるよ」

どういう意味だろう？

考えながら、わたしは昨夜の寝る前のことを思い出した。思いがけない展開だった。まさか美船君がラブレターのことをいまだに覚えていたとは思わなかった。そして、それを励みにこれまで生きてきたなんて……。

どうしてあのとき、わたしは咄嗟に自分が書いたのではないと言ってしまったのだろう？

臆病者だから？

違う。

そうじゃない。

彼が手を摑んで引き寄せたとき、本能的に拒絶していた。彼を思い出の中に封印しなければと思ったのだ。

だから――嘘をついた。

あの瞬間の彼の戸惑った声が、部屋に戻ってからも忘れられなかった。申し訳ないことをした、という以前に、胸が苦しくなった。

でも、それは恋の苦しさではない。

――感傷と恋は似ているけんが、違うもんだで。そこをはき違えると――人魚になるに。

あのタクシー運転手の言葉を思い出した。

そう、昨夜の胸の苦しさは、感傷だったのだ。

美船君は、わたしの過去であって、現在ではない。

わたしの現在は――。

服を着替え、支度を済ませると、受付に向かった。

わたしの現在は――受付の中で奇妙なアフロヘアのカツラをつけて笑っていた。今は、サングラスも外している。

「ここ、俺の実家なんだ。帰省したら宿泊予約に知った名前があるから、慌ててカツラ買ったよ」

編集者から逃げるのは作家の常とはいえ、何も変装することはなかろうに。

「……じゃ、じゃあ高飛びって……」

「帰省だよ。もう飽きたから東京に戻る。君も帰る？」

「そりゃあ……まあ、仕事もありますから」

「ご苦労さん。一泊二日、一万五千円ね」

「た、高くないですか？」

「警護料込みだよ。鍵をかけない不用心な客のせいで、こっちは寝不足なんだから」

「そう言えば――昨夜、パトカーの音しませんでした？」

感傷を紛らわそうとお酒を飲んで眠ってしまったが、夢のなかのパトカーのサイレンが妙にリアルだったのを思い出す。

「忘れたね。嫌いな音って耳に残らないんだ。俺に言えるのは、現実の世界には、わりに合わない取り引きに応じるような人魚姫はいなかったってことだけだ」

「わりに……合わない……」

――アンデルセンは子どもたちに、お前たちの親を見ればわかるとおりだ、わりに合わない取り引きには関わるなって教えていたのさ。

金曜日にホテルで聞いた言葉が思い出された。

また人魚姫――。

偶然だろうか？

金曜日の夢センセが『人魚姫』の話をしたことから、わたしは自分の過去を振り返った。そして、その過去が――旅先で待っていた。人魚姫とは違って、感傷だと気づいたわたしは、なるほど「わりに合わない取り引き」に応じていないことになるのだ。

夢センセは、受付からどこまでを観察していたのだろう？

あるいは――心の内まで見透かされてる？

わたしはそんな馬鹿げた心配を抱きつつ、なけなしのお金で宿泊料を支払った。

今月は打合せで方々に出かけ、その都度接待にお金を使った。そのため、領収書を精算するまで口座がからっぽなのだ。帰りの交通費が足りるかしらと急に現実的な悩みに頭を痛めていると、

「さ、ではこの金で東京までバスで帰るか。たっぷり眠れるよ。これは、わりに合った取り引きだろ？」

「え……バスなんて出てるんですか？」

「結構快適だよ」

そう言って、夢センセはカツラをとると、用意していた旅行鞄を背負い、出口へ向かった。

入り口では、あのタクシー運転手が待っていた。

ん？

待てよ。あの人、ここのご婦人と夫婦だと言っていたぞ。

ということは――。

「え、あの人、夢センセのお父さん？」

「そうだよ。似てないだろ？」

よくしゃべるところは似ています、とは言えなかった。

「何だ、ねーちゃん、息子の恋人だっただか！」

「違う！」

わたしたちはほぼ同時にそう叫びながら、タクシーに乗り込んだ。

一度だけ――宿を振り返る。

けれど、もう美船君がそこから現れることはなかった。

サヨナラをちゃんと言えばよかった、と思った。でも、言ったところでどうなるものでもない。それこそ、ただの感傷だ。

さようなら、いつかの王子様。

わたしは、心の中でそっと唱えた。

タクシーが――走り出した。

10

バスに乗ると、すぐに夢センセは眠りはじめた。

仕方なく、わたしは『彼女』の続きを読み出した。

わたしの心は過去へと遡り、出逢いの場面からを瞬時に駆け巡っていた。

ときどき、わたしは何度でもこうして二人のゼロ・ポイントを振り返る。最初にこそわたしと彼のあいだに起こり得るすべての萌芽があるような気がしてしまうからだ。

わたしは心のどこかでこの再会を望み続けていた。

——隣、空いてる？

違う。

これは前の日に読んでしまったページだ。

たしか……。

わたしは、鞄を持ち、席から立ち上がった。

電車を降りた先に待っているかもしれない、新たな恋の展開を、十代の乙女のようにひっそりと期待する気持ちを抱きながら。

九月の高原の風が、さらりと髪を撫でた。

そうだ、ここまで読んだところで、電車が到着したのだ。

しおりを挟み忘れるとこういうときに困る。

そうか、『人魚姫』が引き合いに出されているのはこの箇所だったと読み返しながら思った。それから、そう言えば、埴井潔の仇名《あだな》がキヨなのは、喜代と同じなんだなあ、と昨日の再会を思い返しながら考えた。
〈涙子〉もわたしも名前のないラブレターを書いた、という点は共通している。でも、決定的に違うのは〈涙子〉の場合は本物の恋だったけれど、わたしの場合はただの過去への感傷に過ぎなかったということだろう。わたしは再会によって気持ちが揺れたりはしていないもの。

さあ読み出そうとしたとき、ふっと涙子さんの言葉が蘇ってきた。

昨日、喫茶店に入って二人で話したときのこと。

――私は彼と一緒に行動してなんかいません。そもそもあの小説に書かれていることはすべてでたらめです。

――そうなんですか？

涙子さんは憤った様子で続けた。

――とんでもない話です。たしかに本木君と私は同級生でしたし、彼に何度も告白されてもいましたが、私にとっては迷惑でしかなかったんです。それなのに、夫の死を知ってこんな悪ふざけのような小説まで書いて――。

――悪ふざけ……。

――だってそうじゃないですか。自分が殺したようなシーンを入れたりして。でも、彼に殺せるわけがないんです。だって、自宅の部屋で鍵をかけて自殺していたんですから。

彼女が「本木」のことを庇って言っているわけではないのは、彼女の目の真剣さを見ればわかった。どうやら、本当に彼女は夢センセのことを嫌っているようだ。

──本木さんが小説を書いていたこと自体はどう思われますか？

──どうって……まあ昔から小説家志望ですから不思議はありませんけど、とにかくもう私には構わないでください。

──あの、最近、本木さんと接触はありませんでしたか？　あなたの引っ越しを追うように、彼も旅に出てしまったんです。

それを聞いた瞬間の彼女の引きつった顔は、まさに恐怖を感じている顔だった。

──どこまでも追ってくるのね……。

彼女は立ち上がった。

──教えてくれてありがとうございます。でも、もう二度と会うこともないでしょう。さようなら。

そう言い残すと、彼女は足早に立ち去ったのだった。

わたしは隣であどけない寝顔を見せている夢センセを見た。

「ご実家に帰られていただけだったんですね」

寝顔にそう話しかけてみる。

返事はない。

でも、何であれ涙子さんに迷惑がられているのは事実。もう追いかけちゃダメですよ。

恋と感傷を間違えても、いいことは何もないんですから。

夢センセの想い人は、夢センセのことが好きではなかった。あの小説はただの夢センセの妄想。

どこか——腑に落ちない。単純に信じていいものだろうか？

わたしだって昨日、美船君の前でラブレターなど出していないと言ったではないか。涙子さんも、ただ秘めた恋を他人の晒しものにしたくなくて、咄嗟に嘘をついただけかもしれない。

それに、性格に難があるとは言え、夢センセは眉目秀麗には違いない。これまでだって女性に不自由しなかったであろう男が、誇大妄想で高校時代の恋愛にしがみつくものだろうか？

と——なんでわたしは、涙子さんの発言をこうも必死になってあれこれ疑って考えるのだろう？　夢センセを馬鹿にされたようで面白くなかったから？　面白くない？　どうしてわたしが？

「あーもうやめやめ！」

頭をぶんぶんと振って思考を切り替える。考えてもみれば、もし『彼女』に描かれたのが夢センセの妄想なら、それはそれですごいことではないか。妄想であんなに美しい物語が書けるなら。編集者としては、そっちのほうが嬉しい。作家としての未来が感じられるから。

現実の二人の恋に進展がないなら、もう現実にこだわる必要はない。虚構は虚構の道を行けばいいのだ。

よし。ハッピーエンドの物語にしよう。

あの匂い立つ美しい文体で、うっとりするような大団円を描いてもらう。

頼みますよ、期待の恋愛小説家さん。

わたしは、夢センセに上掛けをかけた。

「月子に触るな……」

「え？」

それは寝言だった。けれど——呼び捨てですか？

何とも面映ゆい気持ちになる。

ここが海なら、わたしは思わず甘い泡沫を吐き出していたかもしれない。

わたしの現在はここにある。

わたしは心のなかでもう一度サヨナラを唱えた。

今ではもう遠く朧《おぼろ》になった感傷と、人魚姫の泡沫に。

幕間　〜インタ―ローグ〜

「それで、ニセモノは捕まえていただけましたか？」

鈴村《すずむら》女史の物腰は柔らかいが、単刀直入に切り込んでくる。まるでよく研がれた肉切り庖丁のようだ。

「いえ、あの……まだ連絡がつかないもので……」

「失踪されたということは、やはりニセモノということですよね」

「そうと決まったわけでは……」

「ではなぜ逃げているんでしょうか？」

答えられるわけがない。わたしがいちばん知りたいことなのだ。

「できれば、夢宮宇多《ゆめみやうた》がニセモノであるという声明文は、御社のほうから自主的に出していただきたいですね」

「ちょ、ちょっと待ってください！」

「先日お伝えしたとおり、わが社には埴井潔《はにいきよし》の未発表作品があります。御社が『彼女《かのじょ》』を回収し、権利を放棄されたら、私どもは大至急埴井さんのご遺族の了承を取りつけたいと思っています」

　編集者は、世に出したくても出せない傑作をいくつも抱えている生き物だ。わが晴雲出版《せいうんしゅっぱん》に直接原稿を持ち込んでくる作家志望者は多いし、そのなかに、これはと思うものがないではない。ただ、実際に本にすることを考え、さてこの原稿をどうやってパッケージすればいいのだろうと思案しはじめると、安直な考えは出てこなくなる。

　だから、鈴村女史がここぞとばかりに迫ってくる心情はわかるのだ。だが――本物の証明は難しいものの、わたしにだって微《かす》かに芽生えはじめた編集者の意地みたいなものがある。そう簡単にニセモノと認めてなるものか。

　第一、受賞より前に送られたという原稿だって、わたしはまだ見せてもらっていない。『彼女』のショートバージョンというのも、鈴村女史の思い込みで、多少筋が似ているだけという可能性もある。それに、直接本人には会っていないというのだから、完全に彼女が有利というわけでもない。

　とはいえ――夢センセが失踪している現状では、強気に言い返せない。

「その話、もう少しだけ保留にさせていただけませんか？」

「無理です」間髪容れずに答えが返ってくる。「明日、企画会議があるんです。応じてもらえない場合はマスコミ各社に埴井潔の未発表小説の一部をＦＡＸして証拠として掲載してもらう予定です」

「今日一日でいいんです。時間をください」

「あがきますね。何のためですか？　ニセモノにまだ未練でも？」

悪魔の冷笑。さて何のためだろう。

しぜんと、鈴村女史が夢センセにニセモノ疑惑をかけてきた三日前のことを思い出す。

あの電話のあと、夢センセは失踪したのだ。

第四話　美女は野獣の名を呼ばない

1

十月の最後の月曜――つい三日前の出来事である。

その日の午後、わたしは前日の飲み会の疲れが抜けない身体に鞭を打って、出版社《しゅっぱんしゃ》のビル一階にあるカフェで夢《ゆめ》センセとの打合せを決行していた。事前に飲んだ胃薬が少しずつ身体に優しく効いてくる。さすが我が友、胃腸薬。

小池《こいけ》編集長には先月のうちに、次回作は『彼女《かのじょ》』の続編でハッピーエンドです、とだけ説明して話を通しておいた。もっと詳しく結末まで書かれたプロットを寄越せとも言われたが、夢センセにまだそれを伝えていない。

夢センセはすでに『彼女』の続編を書きはじめている。それ自体も相当渋ってはいたが、最終的にはいいよと言ってくれた。

――これ以上ないほどショッキングなバッドエンドになるかもしれないけど、まあ書くだけでいいなら書くよ。

そんな何とも不吉で気乗りのしない返事をされたが、そのときは何も言えなかった。せっかく重たい腰を上げて執筆に入ってもらったのだ。最初くらい邪魔しないで書かせてあげたい。

だが、本音を言えばバッドエンドなんてもってのほかだ。日が経つにつれ、夢センセが過去に提出してきたプロットが思い出され、不安になった。恋愛小説をと散々要求しているのに、ミステリまがいのプロットばかりこしらえてきた男。やっぱりある程度レールはこちらから用意するしかない。

前日の飲み会で、小池編集長から「続編出すなら、前作の六割はせめて売れないと、三作目はないぞ」と据わった目で脅されてもいる。デビュー作は「第一回晴雲《せいうん》ラブンガク大賞受賞」という冠があるから、新人でもある程度は売れる。もっと言えば、賞の話題性と目を引く装丁さえあれば中身はなくとも売れる。

勝負は二作目だ。冠のない状態でどれだけ本が売れるかで、その作家が世間にどれくらい求められていたのかが測られる。

――世間の評価は作家に向くが、出版界では編集者に責任ありと囁かれるケースもしょっちゅうだ。せいぜい気を引き締めてやれよ。

その言葉に改めて緊張感が走り、なしくずし的に進めている状況に焦りを覚えた。まだ一から担当した作家は夢センセしかいない。新人賞の冠なしの次作で問われるのは夢センセの才能だけではなく、自分の編集者としての資質でもある事実を突きつけられた気がした。

帰宅後、矢も楯もたまらずベッドで寝そべりながらプロットの詳細を考えた。作家ではないから限界はあるが、大事なのはラスト。受賞作では為しえなかったハッピーエンドにすること。そうして翌日の打合わせに臨んだ。

ところが――。

「やだね」

プロットの話をした途端、このふとどき者の新人作家はこう言い放った。ひんやりとした雰囲気の漂う整ったマスクは、不機嫌になると、より一層冷淡に見える。

「や、やだってどういうことですか！」

夢センセに投げられたA４サイズの紙が、テーブルの上を気持ちよさげに滑りながらこちらへ戻ってくる。

「ハッピーエンドなんか無理」

「書けないってことですか？」

「あの話じゃなければ、いくらでも書けるよ」

〈あの話じゃなければ〉とは要するにミステリもどきのプロットだったりするのだろう。それは困る。わが社は恋愛小説を売りにしている老舗《しにせ》なのであり、恋愛小説で真っ向から勝負してもらわなければ売り上げにもつながらない。というか、それ以前に出版許可が下りないだろう。

「この段階までプロットを通せなかったのは夢センセの責任でもあるんですから、言うことは聞いてもらいます」

「横暴だ！　いいよなぁ編集者は。それでヘンテコな続編書かされて読者にそっぽ向かれるのは作者だけなんだから」

「ええそうですよ。売れなかったら、私はべつの売れる作家と手を組むんです。そういう世界なんですから」

開き直って言い返してみたが、これがいけなかった。

「なるほど。君の編集姿勢はよくわかった。それならいいよ、君の望みどおりハッピーエンドを書いてやるよ」

「え……本当ですか！　やった！」

「その代わり——たった一か月しかないんだ。入稿寸前まで書く。書いたものは一字一句直させない」

「な……何ですって！」

「べつにいいんだよ。出版したいのはそっちなんだから」

シニカルに右の眉がくいっと上がる。足元を見られた。

「こっちだっていざとなれば出版を取り消すだけなんですから！」

嘘だった。実際のところ、わが社の刊行スケジュールは一度決まったら梃子《てこ》でも動かない。夢センセも晴雲出版の事情を察しているのかニヤニヤ笑っている。分《ぶ》が悪い。

携帯電話が鳴ったのはそのときだった。

「夢センセ、もう少しお話が残ってるのでお待ちくださいね」

「アイス豆乳オ・レ頼んでもいい？」

「い、いいですよ」

「んじゃあ五分待ってやろう」

何様なんだこの男と思いながら携帯電話を確認すると、編集長からだった。もしもし、と言う前に小池編集長が話しはじめた。

「お前に日出《ひので》出版の鈴村《すずむら》女史から電話が来てるんだが――」

「鈴村さんって……あの鈴村さんですか？」

パーティー会場で名刺交換はしたことがあったが、それきり接点はなかった。

「どうする？　急ぎらしいぞ」

編集部には一分で戻ることができる。

「わかりました。すぐに戻ります」電話を切って夢センセに言う。「いいですか、このままステイしていてくださいね」

「はいはい。あ、ケーキもいい？」

やれやれ。

「何でもお好きなものをどうぞ」

「わーい」

わーいじゃない！　と内心で怒りながら、この辺りの掌を返したような無邪気さにはなぜか憎めないものがある。夢センセは暢気《のんき》な猫のようにメニューを眺めはじめた。わたしは溜息をつき、席を離れ、ドアを開けて外に出た。

もちろん、この段階ではわたしは電話の用件など知る由もなかった。災いは、いつも素知らぬ顔で物陰に潜んでいるものなのだ。

2

突如降りかかった火の粉に、わたしは黒焦げになってしまった。

昔から突発的な衝撃に弱いところがある。鈴村女史との電話を終えたわたしは、しばらく放心状態に陥っていた。

――そうおっしゃるなら、夢宮宇多《ゆめみやうた》がニセモノの恋愛作家ではないことを証明してください。

電話の鈴村女史の声が蘇る。ニセモノでない証明。どうすれば証明できるんだろう？

と、そんなことを考えながらぼんやり歩いてカフェに戻った。

カフェに着くと、夢センセはケーキと豆乳オ・レに完全にノックアウトされて睡眠の真っただ中にいた。いい気なものだ。とんでもないことになっているのも知らずに……。

「夢センセ！」

耳元で大声でそう言ってやると、夢センセはわーっと素っ頓狂な声を上げて起き上がった。

「美女に起こされる夢を見てたのに」わたしを見て溜息をつく。

「……それ、どういう意味ですか」

いやこっちの話、と言いながら、夢センセは頭を掻きつつ、いつもの調子でストローを丸めはじめた。

「『彼女』のヒロインにはモデルがいるんだ。すっげーごつい奴と結婚した子でね。周りは二人を〈美女《びじょ》と野獣《やじゅう》カップル〉って呼んでた」

涙子《るいこ》さんのことですよねと確認したい気持ちをぐっと堪える。わたしが現実の涙子さんを知っていることはあくまで秘密なのだ。素知らぬ素振りで尋ねる。

「そんなに美人だったんですか？」

「忘れたね」素直じゃない男だ。「まあ大抵の女の子ならあの男と並べば、〈美女と野獣カップル〉って言われるんだろうな。でもさ、よくよく考えると、〈美女と野獣カップル〉って形容の仕方は間違ってる気がするんだよね」

「どういうことですか？」

「美女と醜男ならわかるけど、野獣となるともはや種が違う。人間じゃないわけだから」

「そりゃあそうですけど……」またいつもの屁理屈が始まる。

「そもそもあの物語の本質は、種を超えた禁断の愛にあるわけ」

「そうなんですか？」

そんなお話だったっけ。埃を被った記憶をがさごそと探してみる。

「少なくとも俺はそう思ってるよ」

またまた妙な物語解釈が始まる。超有名ロマンティック恋物語を変にこねくり回そうというのだろう。

『美女と野獣』と言えば、最初は父親の身代わりとして恐る恐る野獣に接していた女が、その外見に囚《とら》われずに恋に落ち、呪いが解けて野獣は人間に戻る——たしかそんな話だ。

「もとはヴィルヌーヴ夫人によって書かれたものをボーモン夫人が要素を削ぎ落として現在広く知られている形にした。御伽噺《おとぎばなし》の類型で言うと、これは異類婚姻譚のなかでも予定調和的変身譚に属する。だが、この話の面白いところは、女が獣に慈悲を示したから王子に変わったのではなく、野獣を本気で愛したというところだ。この点はヴィルヌーヴ版もボーモン版も同じ。要するに、人間じゃないものを愛しているわけだから、異常な恋なのさ」

「そう言ったら台無しですよ。あれは野獣の純粋な心に……」

「野獣は求婚してるだけだし、断られても怒り返さないのはヒロインのベルに去られると困るからだよ。それを勝手に彼女が人の良さと捉えている」

「でも、病気のお父さんのために野獣は彼女を家へ帰してくれますよね?」

「騒ぐようなことか? 帰さないって言ったらただの人非人だろ? それほどひどくなかったってだけだよ」

「む……そりゃあそうですけど」

「たとえ元が人間だろうと、野獣からはかつて備わっていた知性も品格も感じられない。フランス語の野獣(bête)には人間ではない禍々《まがまが》しい生き物という意味があるように、彼は禍々しい存在なんだ。異常な恋には違いない」

「でも、実際は王子なわけで……」

「結果論だよ。王子だとわかって恋していたわけじゃない。それとも大昔は野獣と恋愛することが許されていたとでも？」

「それは――ないでしょうね」

「だろ？　いけないことをしてるのさ、このヒロインは」

屁理屈だ、とは思う。だが、この屁理屈を退ける理屈が思いつかない。

「最後に『じつは王子様でした』ってつけるのは、言ってみれば不道徳な恋愛を世間が美談に変えるための手続きでしかない。二人にしてみれば、野獣が王子に戻ろうがどうなろうが、愛し合ってるんだから何も問題はない。世間様を安心させるためのラストだ。〈こうして美女と野獣はいつまでも楽しく暮らしました。おしまい〉では種が保てなくなって、人間社会が崩壊してしまうからね」

種の保存のためのハッピーエンド。もちろん、無意識下で作者がそんな考えを持っていなかったとは言えない。

そう言えば、昔映画になったものを観たときに、最後に人間に姿が変わるシーンに妙な違和感を覚えたものだ。何というか、騙された感じ、というのだろうか。ヒロインのベルは野獣を愛した。何の見返りも求めずに。なのに――そう、たしかに夢センセの言うとおり、あのときわたしは自分たちのためにこのラストが用意された、と感じたのだった。

「今回ばかりは、同意してもらえたみたいだね」

わたしは何となく面白くない気持ちを抱えて黙っていた。

「本物の感情はときにモラルとは無縁だ。大事なのはそのとき何を感じ、何を考えたのか。魂と魂の触れ合う真空地帯には穢《けが》れなんかない。たとえ野獣があのまま死んでしまってもね。野獣は野獣でよかったのさ。名前なんか必要ないんだ」

種の異なる野獣との不道徳な恋。その奥に潜むピュアな感情。

『彼女』のテーマとつながる気がした。

「『美女と野獣』の作者が二人とも女性というのも何やら暗示的だね。十八世紀の窮屈な道徳観のなかで、彼女たちがいったいどんな恋愛をしていたのか――興味深いよ」

今『美女と野獣』の例を出したのは、『彼女』のなかに潜む野獣が〈埴井潔《はにいきよし》〉ではないことを仄《ほの》めかしたのではなかっただろうか？

インモラルの象徴としての野獣。だとしたら、『彼女』のなかで野獣の役目を果たすのは、〈埴井潔〉ではなくて――〈本木晃《もときあきら》〉？

「……で、ほかに話したいことって？　デートがしたいとかなら断るよ。今年いっぱいは予定がぎっしりだから」

「そんなこと頼みませんよ」

「あっそう」どうでもよさそうにあくびをする。

「……それとは別件なんですが、じつは今電話がありまして――」

正直に編集部にかかってきた電話の内容をすべて話した。すぐにでも否定してほしかった。自分はニセモノなんかじゃないと。いつもの調子で冷笑を浮かべ、馬鹿だなと言ってほしかった。

しかし、夢センセはしばらく黙りこくったあとに言った。

「もしそうならどうする？」

「……そ、そうなんですか？」

「俺は偽恋愛小説家だよ。恋愛作家のふりをしてるだけ。実際は恋愛に興味なんかない。とっくの昔に気づいてたんじゃないの？」

夢センセはそう言って立ち上がった。

「ど、どこ行くんですか？　夢センセ……」

「もういいよ。これっきりにしよう」怒っているというより、疲れているようだった。目の奥に何とも寂しげな色が浮かぶ。

「そんなの、あんまりです……」

気がつくと、わたしの目からは涙があふれていた。

「わたし、認めませんよ」

「……鼻水を拭け。またな」鼻水。慌てて鼻に手を当てるが、まだそんなものは出ていない。夢センセは乱暴に私の頭をくしゃくしゃと撫でると、店を出て行った。

テーブルの上では、いつものように夢センセが指に巻きつけてしまって使い物にならなくなったストローの残骸が不貞寝《ふてね》している。

編集部に戻ってもすぐに仕事を始める気にはなれなかった。

夕方になり、やはりこのままはまずい、もう一度夢センセに連絡をとろうと考えた。ところが、〈ホテルオーハラ〉の夢センセの部屋に電話をつないでもらおうとすると、ホテルマンが怪訝《けげん》な声で言った。

「夢宮様は先ほどチェックアウトされました」

頭を後ろから殴られたような衝撃が走る。電話を切ると、すぐに夢センセの携帯電話にかけた。が、時すでに遅し。解約されたあとだった。わたしは、ようやく悟った。今、自分は編集者として入社以来最大の危機に立たされているようだ、と。

何の解決策もないまま、夜の十時を過ぎたとき、電話が鳴った。受話器をとれば、かの鈴村女史の声。ニセモノではない証拠が出せなければ『週刊日出《しゅうかん》』に記事を掲載する、という死神の宣告だった。

「どうですか？　証拠のほうは？　見つかりそうですかぁ？」

真綿で首を絞めるように、ソフトに追い詰めてくる。

「それが……すみません、まだで……」

電話の向こうであの乾いた笑い声が聴こえた。

「わかりました。では、明々後日《しあさって》の『週刊日出』をお楽しみに」

「ちょっと待ってください、もう少しお時間を……」

電話は――すでに切れたあとだった。

3

そして三日後の今日――わたしは知った。

予感のとおり、入社以来最大の危機が訪れていることを。『週刊日出』に「恋愛作家、夢宮宇多はニセモノ？」の記事が掲載されてしまったのだ。

鈴村女史の所有する埴井潔の原稿がマスコミ各社にＦＡＸされるまでに残されたタイムリミットはあと一日。

すでに「最悪」は訪れてはいる。

夢センセがニセモノである可能性を感じながら今まで黙っていた私は、社内での評価を落としている。堕ちた信頼は自分で回復させなければ。

真犯人を探すしかないのだ。

夢センセがどういうつもりでニセモノと言ったにせよ、編集者としてできるのは、疑惑を晴らすために最善を尽くすことだけだ。

まず手始めに、以前パーティー会場で話したことのあるパーフェクト出版の紺野《こんの》という男に電話をかけた。彼は夢センセが受賞する前から夢センセと仕事をしていた仲だ。何か知っているかもしれない。単刀直入に、夢センセから連絡がないかと尋ねた。

「連絡? ありませんよ。でも、ニセモノ疑惑かけられてるんでしょ?わかってましたけどね。恋愛小説書くタイプじゃないことくらい」

「ニセモノを疑う根拠でもあったんですか?」

「何というか、素の自分みたいなのを絶対見せない人だから。そういう人って恋愛小説書けないでしょ?」

たしかに——恋愛小説は柔らかな心の襞《ひだ》を描かなければならない。どこまでもひねくれて素直じゃないあの男が、それも女性視点で繊細な言葉を紡ぎ出すところはまったく想像がつかない。

「連絡があったら、井上《いのうえ》さんに伝えますよ」

礼を言って電話を切ると、溜息が出た。ほかに当たるべき人物が思いつかない。

さて、ここからどう駒を進めるべきか。

頭に浮かんできたのは——つい先月行ったばかりの伊豆高原《いずこうげん》。

埴井涙子なら、何かを知っているかもしれない。もう一度行くしかないか。そう思っていた矢先——電話が鳴った。編集部のほかの人間が出る前に真っ先に受話器をとった。どうせ今日の電話のほとんどはわたしに用があるのだ。

「あの——晴雲出版の井上月子《つきこ》さんというのは……」

「わたしです」

柔らかな女性の声。電話を通すと声なんてみんな似たりよったりに聴こえるから、知っている声かどうかの判断もつかない。が、柔らかな中にも折り目正しくアイロンをかけたあとのワイシャツのような感じがあって、頭のどこかがこの声を知っていると訴えていた。

「先日はどうも。埴井涙子です」

なるほど、知っているはずだ。渡りに船とはこのこと。突発的な偶然にも臨機応変に対処できるぐらい、今は脳がフル稼働している。

「今、少しお時間いただけますか？」と涙子さんが尋ねた。

「もちろんです！」もちろんですとも。受話器を握り締めたまま立ち上がって、周囲の注目を集めてしまう。

「じつは、今東京《とうきょう》に出てきているんです。週刊誌のことで、どうしてもお話ししたいと思いまして」

「……今、どちらに？」

彼女は、新宿《しんじゅく》アルベルトホテルの名前を挙げた。新宿か。今から外出したら、帰社するのは夜になる。明日までに読まねばならないあまたの原稿を思うと頭が痛いが、背に腹は代えられない。

「これからすぐにお会いできますか？」

涙子さんの了承を得ると、わたしは荷物をまとめて社を飛び出した。

「おい井上！　お前、今がどういう状況かわかってるのか？」

背後で小池編集長の叫ぶ声が聞こえたがそんなものに耳を貸している場合ではない。

空は茜色と群青色の混ざった複雑な表情を見せていた。黄昏時《たそがれ》。もう十月。だんだん日没が早まっている。ふと、先月の伊豆高原の帰りのバスからの眺めが脳裏をよぎる。夢センセと見た景色。

いかんいかん。頭を振って雑念を追い払う。とにかく、涙子さんに会わなければ。

電車を乗り継ぐこと十五分。瀟洒《しょうしゃ》な煉瓦造りの新宿アルベルトホテルに到着すると、ラウンジにあるカフェへと急いだ。

すでに見知ったシルエットが窓際にあった。涙子さんは先日よりも痩せてさらに美しくなったように見えた。十月の憂鬱をすべて吸い込んだようなグレイのトレーナーにデニムという至ってラフな恰好で、帽子を被った少しボーイッシュな雰囲気はいっそう美しさを引き立たせている。

近づいて挨拶をし、「雰囲気が変わりましたね」と言うと、涙子さんは辺りを見回すような仕草をしたあとで言った。

「マスコミの人が花屋に現れたんです。それで大慌てで逃げてきました」

自宅に戻ることもできずそのままの恰好で上京したようだ。道理である。わたしは向かいに座って珈琲《コーヒー》を頼んだ。ウェイトレスが去ると、それを待っていたように涙子さんは口を開いた。

「本木君の存在も怖かったんです」

「夢センセ……夢宮先生を恐れてらっしゃるんですか？」

「ええ。私はもう長らく会ってませんから、今の彼の様子も知りませんので、近くにいても気づけないと思うんです」

「受賞式の画像など、ネットにアップされているようなものはご覧になっていないんですか？」

「あまりインターネットは使わないんです。携帯電話も旧式のものですし」

電子端末に疎ければ、彼の顔を知る機会はそれほどないだろう。

「あの本、本木君が書いたんじゃないって、本当なんでしょうか？　実は井上さんにそのことを直接確認したくて上京しました」

そこまでの覚悟で来ているのなら、仕方ない。本当のことを話そう。わたしはそう覚悟を決めた。

「わかりません。ただ、ある人はご主人が書いたのでは、と」

「キヨ……いえ、私の夫が、ですか？」

すると、彼女の顔におかしさを噛み殺すような表情が生まれた。

「ごめんなさい……その方は本当にそんなことを？」

「ええ……」

すると、涙子さんは口を手で覆いながら、笑った。それから、おもむろに彼女は鞄の中から一枚の写真を取り出した。

「これ、私の主人、埴井潔です」

そこに映っているのは、いかつい面相の男性だった。体格もよく、プロレスラーか力自慢の職人のようにも見えた。

「見た目で判断は難しいと仰《おつしや》るでしょうが、私の主人はこの外見どおりの人でした。がむしゃらな銀行マンで、まっすぐな気持ちをもっていました。小説家を目指していた時期はありましたが、それは高校時代ですし、自分には文才がないと早々に諦めたようです」

「それじゃ、『彼女』を書いたのはご主人ではないと断言されるんですね？」

涙子さんはわたしの目をじっと見つめたあと、静かに頷《うなず》いた。

「執筆したのはやはり本木君だと思います。わたしが本木君と両想いみたいな図々しい設定にしているのが、その証拠じゃないですか」

たしかに埴井潔が『彼女』を書いたとしたら、あまりに自虐的すぎる。自分の妻がほかの男と恋する小説なんて。

「ただ、一つだけ気になることがあるんです」と涙子さん。

「何ですか？」

「作中で、潔の殺害方法が、毒を入れて自殺に見せかけたとあって。たしかに自殺だったことは葬儀に来た人たちにも話した記憶があります。ただ、毒死だったことは誰にも話していませんし、少なくとも本木君は絶対に知るはずがないんです」

つまり――夢センセは小説家としてはニセモノではないけれど、正真正銘の殺人犯かもしれない、ということか。

「ご主人が亡くなられたときの状況を詳しく伺ってもいいですか？」

わたしの不躾《ぶしつけ》な願いに、涙子さんは頷き、遠くを見るような目になった。

「あれは冬の晩でした」

4

埴井涙子はあの日のことを思い出そうとした。

そうすることは、とてもつらいことだった。しかし、過去をはっきりさせることは自分にしかできないのだ、と思い直した。

目の前にいる編集者に向けて、涙子はゆっくりと話しはじめた。

「あれは冬の晩でした」

いつものように潔が涙子の待つ虎ノ門《とらもん》の一軒家に帰り着いたのは十時を回っており、その上ほろ酔いだった。涙子はまとわりつく潔をなだめ、そばを離れてバスルームへ向かった。風呂を沸かすと、ソファで眠りかけていた潔を起こして、風呂に入るように言った。

じつはその晩、急遽出かけなければならない用事があった。だから、少し焦りながら風呂へと急き立てた。ようやく潔が風呂から出てきたのが夜の十一時。

——ちょっと裕子《ゆうこ》の家に行ってくるわね。

昨日のことのように自分の声が思い出せる。裕子というのは、大学時代からの付き合いの女友達だ。

——こんな時間に出かけなくたっていいだろう。

呂律《ろれつ》の回らぬ調子で潔は咎《とが》めた。

——彼女、久々に仕事の手が空いたから、誰かとしゃべりたいみたい。

——しょうがないな。

潔は涙子を軽く抱き締めると、「行っておいで。おっと、その前に、いつものコーンポタージュを用意していってくれないか」と言った。

言われたとおりに涙子はキッチンへ行ってインスタントの粉でポタージュを作り、一階にある潔の寝室へ向かった。そして、ベッド脇のナイトテーブルにポタージュを置くと、簡単に化粧を済ませてから外出した。

——あなたが寝る前には戻るわ。

戻ってきたのは——十二時を少し過ぎた程度だった。玄関の鍵を開けて、「ただいま」と言って中に入った。ところが返事がない。おかしい。もう寝てしまったのだろうか？

二人はいつも別々の部屋で眠る。潔のいびきがうるさすぎるから、結婚二年目からそうすることにしたのだ。涙子が外出中だと、体格のわりに怖がりな潔は玄関ばかりか寝室のドアにまで鍵をかけて閉じこもる癖があった。しかし、ドアは分厚いものではないし、いつもなら声は聞こえているはずなのに……。

潔の寝室の前に行き、もう一度ノックするが返事がない。仕方なく涙子の寝室の鍵とも共通の鍵で開けた。電気をつけたまま眠っていたら、消さなければと思ったのだ。それにしても珍しい。酔ってはいたが、いつもならシャワーを浴びてコーンポタージュを飲めば酔いが醒めてベッドに横たわってテレビを見ていたりするのに。

不審に思い、涙子は中へそっと入った。だが、彼女を待っていたのは、ヘッドボードに寄りかかった状態で目を見開いたまま息絶えた潔だった。

ナイトテーブルのコーンポタージュは、わずかに減っており、下にこぼれた形跡も見られた。スプーンだけが、何事もなかったようにそこに浸かっている。上部にある開きっ放しの滑り出し窓からわずかに入る夜風が、カップの液体を微《かす》かに揺らしていた。

涙子は潔に近づき、夫の呼吸を確かめた。すでに息はなかったが、救急車を呼ぶことにした。一時的な呼吸停止かもしれないと考えたからだ。だが、到着した救急隊員は潔の死亡を確認すると、すぐに警察に連絡をとった。

青酸カリによる自殺だとわかったのは、翌日になってからのことだ。涙子は、自分が用意したコーンポタージュに何か問題でもあったのか、と尋ねた。いつものスーパーで買ったものだが、その中に毒物が混入されていたのかもしれないと思ったのだ。だが、青酸カリはポタージュからは検出されなかったらしい。

――恐らく、ご本人の意思で青酸カリの粉を飲み、ポタージュで流し込んだのでしょう。何かに混ぜて飲ませたのではないかぎり、自主的に服毒したとしか考えられません。

――夫が自分で？

——ええ。まだ確定ではありませんが、現段階では自殺の可能性が高いです。部屋に鍵がかかっていた以上、他人が入れたとは思えない。もちろん、合鍵を持っている涙子には可能だ。でも、自分ではないことは、涙子自身が知っている。その時間家の中にいなかったのだから。

話を聞いたあと、編集者・井上月子は涙子に尋ねた。

「それじゃあ、自殺だということは間違いないんでしょうか？」

「私もずっとそう思ってきました。でも、何か方法があったのかもしれない、と感じています。夫が自分で青酸カリを飲んだとはどうしても思えないんです」

「……いちばん怪しいのはそのポタージュのカップですが、たとえばポタージュのカップの底にあらかじめ青酸カリを塗っておくようなことはできなかったんでしょうか？」

その可能性は涙子も考えていた。その方法なら、犯行時刻にはいなくてもいい。

「警察はカップからいっさいの毒が検出されなかったと言いました。つまり、カップに仕込んだわけでもないということです」

「なるほど。あとは侵入ですよね。窓からとは考えられませんか？」

「寝室の窓は開いていましたが、滑り出し窓で、最大でも手が入る程度しか開かないんです」

「じゃあそこからの出入りはできないんですね？」

「ええ、無理です。第一、体格のいい夫を無理矢理押さえつけて飲ませるなんて、男性でも至難の業だと思うんです」

「うまく毒を混入させた、と考えるのが自然なわけですね……」

「作中には詳しい殺害方法は書いてありませんが、毒を使って潔を殺した、とはっきり記されていました。『誰にもバレないうまい方法を用いて』と」

その台詞が出てくるのは、最終幕のシーン。舞台は、東京御茶ノ水《おちゃのみず》にある深夜の教会の礼拝堂。そこは、涙子が小さい頃からずっと憧れていた場所でもあった。熱心なカトリック信徒である母から、その教会の魅力を聞かされて育ったからだ。潔との結婚式は、潔の家が神道であることもあって、教会式ではなかったけれど、今でも涙子のなかでは特別な場所だ。

だから、作中にその教会が出てきたときは驚いたものだ。〈本木〉と〈涙子〉は本来二人が結ばれるはずだった教会で二度と戻れぬ運命の皮肉を思いながら会話をかわす。

たしかこんな文章だった。


「僕が殺したんだ。誰にもバレないうまい方法を用いて。仕方なかったんだよ、二人の愛のためには」

どうかしてるわ、と震える声でわたしは言った。闇の中でその声は小動物の鳴き声のように心細く響いた。

「たしかに、どうかしてる。俺の責任だ。こうなることは高校時代からわかってたのに、何も手を打たなかったんだから」と彼は耳元で囁いた。

わたしは首を振った。

「いいえ、悪いのはわたしよ。あなたのことを好きになってしまったわたしが悪いの」

「君は悪くない。出逢ったあの日に君に告白しなかった俺の問題さ」

本木君が、わたしのそばへと一歩踏み出した。

わたしは身構えた。

「もう何もかも終わりにしましょう。たとえわたしが誰を愛しているのであれ」

「無理だよ、もう止まれないんだ」と本木君は言った。

わたしは首を激しく振った。

「もう終わりよ」

彼がまた耳元で囁いた。

「俺に任せるんだ。俺が幕を引く」

彼は頬にそっとキスをすると、わたしのもとから離れた。

次の瞬間、何かが本木君の身に起こった。

身体をくの字に曲げて苦しげなポーズをとりながら倒れた。

彼は言った。

「行けよ。恋の火が心の中に灯っているうちに。こんな殺人鬼なんか放っておけ」

その言葉に弾かれたように、わたしは走り出した。涙が止まらなかった。怖かった。でも、それ以上に、これまでの年月の何もかもが熱く燃えていくような感覚があった。

今日で一つ、何かが終わったのだ、と思った。

わたしの人生の、少なくともとても重要な何かが。

それでいいのだわ。

人生はいくつもの詩篇を焦がしながら進んでいくものなのだから。誰かのための永遠の「彼女」でいられるのなら、わたしは喜んで道なき道を進もう。灯り一つない、闇のなかであっても。

そう、きっとそれができるのは、女だけなのだから。


もしも、そこに描かれた殺人の告白が真実だったとしたら——。

「やっぱり本木君が犯人なんだと思います。どうやって殺したのかはわかりませんが、彼に自白を促せる人間は私しかいないと思うんです」

「あなたが?」井上月子は驚いたように声を上げた。「でも、夢センセとは今連絡がつかない状態なんです」

「……その必要はありません」

涙子は微笑んだ。そう、そんな必要はないのだ。

「どういうことですか？」

月子を見据えて、ゆっくりと涙子は言った。

「彼はずっと昔から私のことが好きなストーカーなんです。こうしている今もどこかで私を見ているはずですよ」

5

涙子さんは謎めいた言葉を残して立ち上がった。

「ありがとう。もう一度お会いできてよかったです」

「あの……これからどうされるんですか？」

「せっかく久々に東京に来たので、あれこれ雑貨屋でも見て回ります。夜になったら、一気に決着をつけます。私なりのやり方で」

彼女の顔は、雪の朝の空気のようにきりりと引き締まっていた。

危険な匂いを感じた。女が大きな決断をするときの、あの特有の光が目の奥に宿っているように感じられたのだ。

涙子さんがホテルの出口へ向かって歩き出す。ほっそりとした背中を眺めていると、夢センセと彼女が並んで歩いていたら、さぞ似合うのだろう、と思った。

どうして涙子さんは夢センセではなく、埴井潔を選んだのだろう？　もちろん、夢センセは毒舌家で猜疑心に満ち、性格もまっすぐとは言えない。漢字一字で表すなら「歪」とか「曲」のような字が合っている。だが、そんな毒さえ抜いてしまえば、男性としては客観的に見ても、女性の求めるほとんどすべてをもっていると言っても過言ではない。

客観的に見て？　何だろう、その言い訳じみた一言は。

内心でそんなことを自問していたとき――。

涙子さんのあとに続くようにして外へ出て行く人影を視界の隅に捉えた。それから、ふと彼女の言葉を思い出した。

――彼はずっと昔から私のことが好きなストーカーなんです。こうしている今もどこかで私を見ているはずですよ。

今のは、夢センセ？　涙子さんを尾行している？

何のために？　再び求愛するためか、それとも――。

現在の選択をわたしは頭で整理した。

A　夢センセはニセモノであるが殺人犯ではない。

B　夢センセはニセモノであり、殺人犯でもある。

C　夢センセは本物だが殺人犯である。

D　夢センセは本物であり、殺人犯ではない。

鈴村女史はBが真実だと主張しているが、涙子さんはCだという。わたしとしてはBもCも困る。Dがベストだが、そうでなければ、せめてAであってほしい。

とにかく涙子さんを追いかけよう。勘定を済ませて表通りに出る。

彼女はまだ右側の十五メートルほど離れた地点にある交差点で、信号待ちをしているところだった。助かった。

だが、その周囲に、夢センセらしい人影を見つけることはできなかった。見間違いだったのだろうか？　誰かが彼女を追いかけるようにして出て行ったように見えたのだが……。

それにしても、わからないのは殺害方法だ。毒死したのは検死の結果で確かなようだが、毒物がどのようにして身体に入ったのかがわからない。何しろ死体は密室で発見されたのだ。

普通ならば、コーンポタージュから毒物が検出されるべきだろう。だが、そうではない。警察は潔がコーンポタージュを飲む前に、青酸カリを直接飲んだと考えたようだ。自殺でない場合、直接青酸カリを飲ませるのは至難の業だろう。
①どうやって密室に入り、②どうやって青酸カリを飲ませたのか。
この二つさえわかれば、動作の主体が誰なのかもわかるはず。

信号が、青に変わり、人の群れが動き出す。涙子さんは颯爽と歩き出した。わたしも我に返り、その群れに加わる。

しかし、その後も尾行者の姿を見つけられなかった。涙子さんのほうも暢気に新宿を歩き回り、雑貨店でネックレスや黒いヴェール、それからキッチン回りの買い物をしたあとはカフェでのんびり過ごしているだけでこれといった動きはなかった。七時頃まで、そんな時間が過ぎた。

これからどうする気だろう？　涙子さんは買い込んだ雑誌を読み耽《ふけ》っている。わたしはと言えば、慣れない尾行に神経をすり減らしたせいか、眠くなってきた。まずい。本当に眠ってしまう。

いったんトイレに行って顔を洗おう。席を立った。洗面化粧台の前に立つと、今朝からの大騒動のせいで昼ご飯を食べていないせいかやつれて見えた。ダイエットなんて案外一日でできてしまうものなのかもしれない。

水道の冷たさが手を伝い、ぼんやりしはじめていた頭の芯をも刺激した。これでいい。よし、と気合いを入れ直し、席に戻った。

「あれ……？」

涙子さんが——いない。

勘定を済ませて外に出た。だが、左右どちらに行ったのかもわからない。

——一気に決着をつけます。私なりのやり方で。

どこで？　どうやって決着をつける気なの？

そのとき——雑貨屋に入ったときに彼女がキッチン回りのものを買ったことを思い出した。

彼女が買ったもののなかには、果物ナイフも含まれていたのだ。

6

自分の気持ちに素直になるのは難しい。

埴井涙子は、自分がいつ頃から心に背を向けて生きるようになったのかを考えた。それは思い出せないほど昔に遡《さかのぼ》る。高校時代、最初に誰を好きになったのか。

自分さえ黙っていれば、きっと想いは消えていく。恋心なんか少しずつ溶けてなくなるアイスクリームのようなものなのだ。

あの頃はそう思っていた。

周囲は、涙子と潔のことを〈美女と野獣カップル〉と囃《はや》し立てた。潔も、そう称されることがいやではないようだった。彼の売りは外見ではない。涙子も彼のまっすぐな心に魅かれ、この人となら一生一緒にいられるかもしれない、と考えるようになった。

厳密には、恋とは違っていたのかもしれない。けれど、長らく人と付き合っていくと、最初の感情がどんなものだったかなんてあまり重要ではなくなってくる。大事なのは、長い人生を共に歩んでいけそうな予感。あの日まで、涙子はそんなふうに思っていた。

あの日の昼下がり、数年ぶりに彼から電話があった。

――今夜、少しだけ時間をもらえないか。

――どうしたの？　そんな、急に……。

——逢っておかないと、前に進めないから。

思春期のような告白だった。その声は、涙子の魂を震わせた。家庭科の授業で隣に座られたときのことが、青々とした感情と共に、昨日のことのように思い出された。あの頃いちばん聞きたかった言葉を、長い時を経て彼は届けてくれたのだ。

高校二年のとき、涙子はラブレターを出した。名前のないラブレター。名前を書かなかったのは、名前など書かなくても筆跡でわかってくれると思っていたからだった。でも彼は気づかなかった。

当たり前だ。彼には届かなかったのだから。

緊張するあまり、間違えてすぐ隣の埴井潔の下駄箱に入れてしまったのだ。

卒業式の翌日、思いがけず潔がこんなことを言ってきた。

——だいぶ前に手紙くれたの、お前だろ？

——手紙……？

——お前の字、わかりやすいからな。いいよ。俺でよかったら。

なぜ「違うの」の一言が出てこなかったのかわからない。悔やんでも悔やみきれなかった。何度も真実が口を衝きそうになるたびに、心のなかの何かがブレーキをかけた。自分なりの道徳観だったのかもしれないし、単なる情のようなものだったのかもしれない。

——潔と付き合ってるんだってな。おめでとう。お前ら、本当お似合いだよ。

春休みに開かれたクラス会で、たまたまトイレに向かう廊下で二人きりになったとき、そう笑った彼の目が、寂しそうに見えた。

——違うの、本当はね……。

——本当は？

彼の目が鋭く光った。相手を威圧する目。本当のことを言わせまいとしていた。恋よりも、潔との友情を大事にしたかったのだろう。涙子はその日に気圧《けお》されて、真実を告白することを踏みとどまった。

数年後の涙子と潔の結婚式に、彼は出席しなかった。潔はそれについて、こんなことを言った。

——まあ、本音じゃアイツ、お前のウエディングドレス姿を見るのがつらいんだろう。

——どういうこと？

——知らなかったのか？　ずっとお前のことが好きだったのさ。俺と付き合うって聞いて泣く泣く諦めたんだぜ。

——……そうだったの。

胸が張り裂けそうだった。潔とて、わざと隠してきたわけではあるまいが、あまりにもむごい時のいたずらではないか。涙子は何度も胸に迫りくる哀切な感情をやりすごしながら、どうにか結婚式を終え、「埴井涙子」となった。

それから一度も訪ねてこなかったくせに、昨年のあの日、彼は突然電話をしてきた。なぜ今になってそんなことを言うのだろうと訝《いぶか》りつつも、夜になると涙子は潔にコーンポタージュを作ってから、約束した近所の公園へ向かった。

――俺、今年でもう夢を追うのやめようと思うんだ。いつまでもそういう年齢でもないしな。

久々に出会った彼は、自嘲気味な笑みを浮かべてそう切り出した。

――今、ラストスパートかけてるところなんだ。これまでの人生で、一度だけ想いを告げられなかった唯一の恋を考えながら。

――唯一の……恋？

人気のある彼の隣にはいつも恋人の姿があった。それなのに、恋が唯一？

どういうことだろう？

――俺、心底から好きな女と付き合ったことないんだ。

似ている、と涙子は思った。涙子もまた、まともな恋愛経験はなかった。潔のことだって、恋愛と言っていいのか、いまだにわからない。幸せなのは確かだけれど。偽の恋愛を真実と呼び、結婚をした。言いきってしまえば、ニセモノも本物になる。どこかでそう思っている自分がいるのも、確かだ。

――その彼女は俺の親友の奥さんになってる。それでも今、ラストスパートのあいだだけ、彼女のことを考え続けていてもいいかな？

――……いいんじゃない？　したいようにすれば。

彼の目が、涙子を捉えた。

逃げられない。抱きすくめられるのではないか、と思った。実際、彼の手は涙子の二の腕に伸びた。

――「したいように」?

――……そういう意味じゃ……。

――だろうね。

ニッといたずらっぽく笑い、腕を離した。あの頃と同じ笑顔に、涙子の胸は苦しくなった。

――昔はその彼女の夢をかなえたいと思ってた。東京のカテドラルで式を挙げる。でもそれは永遠の幻になった。

覚えていたのだ。高校時代、何の気なしに話した教会への憧れを。

――残されてるのは、俺の夢だけだ。

――あなたの夢が実現すること、信じてるわ。

不思議な時間だった。

取り立てて何を語ったわけでもないのに、二人の間には何もかもを語りつくしてしまったような妙な親密さがあり、そのくせ少しも距離は変わっていないのだ。

臆病者が二人で、臆病な心をなぞっただけ。ただそれだけのことなのに、心は喜びに震え、もう二度と戻れないほど遠くへ来てしまったような気がした。

小さな公園で二人はほんの少し語らったあと、握手をして別れた。

高校生みたいな別れ方。でも、それでよかった。それ以上の行動を起こす気などない。潔との幸せを壊してまで、思春期の恋を成就させたいわけでもない。たとえ本物の恋がそこにしかないとしても。

人生において、恋は必ずしも最重要事項ではないことを、もう涙子は知っている。知っているはずなのに——家に帰る道すがら、身体はからっぽで、涙すら出ないほどに孤独だった。長い年月、自分が自分に背を向け続けていたことを思い知らされた。

この嘘つき女。あなたなんかニセモノだわ。

そうして、帰宅した涙子を待っていたのは、潔の死だった。青い恋に心を揺らしていなければ起こらなかったこと。自殺であれ、他殺であれ、あの事件が自分の責任によって起こった出来事なのは間違いなかった。

警察が涙子の不在理由をろくに尋ねなかったとき、むしろもっと責めてくれたらいいのに、とさえ思った。自分を罰したかった。

当初は、潔が涙子の秘密の行動を知って自殺したのでは、と考えた。だが、潔が涙子の行動の真意を探る隙があったはずはない。

初盆を迎えた頃、井上月子が夢宮宇多の本の存在を知らせに現れ、あの本を本木晃が書いたのだと言った。その名を聞き、あの時には理解できなかった部分がうっすらとわかりはじめた。なぜ犯行があの夜だったのかが。

今、涙子は御茶ノ水にある教会に来ている。

長年涙子が夢見てきた場所。思えば、母がここの魅力をしつこく説いたのは、何か未練があったからかもしれない。女は誰でも心に秘密を抱えて生きているもの。彼女にもまた、父と出逢う前に心に決めた人がいたのだろう。そんな気がする。

三角錐の建物は歩く足音さえもキーンと響く。色鮮やかなステンドグラスと、崇高なる宗教画に彩られた空間。母の影響を受け、ここで愛する人と結ばれたいと願い続けた少女時代を思い出す。

今日、あの男はずっと自分を尾《つ》けてきたはずだ。一日、背中にずっと視線を感じていたのだから間違いない。高校時代から、ずっと感じてきたのと同じ、あの視線だった。

「いつまで隠れているつもり？」

「何だ、気づいていたのか」

へらへらと笑いながら、本木晃が姿を現した。

7

涙子さんはどこに消えたのだろう？

一度行方を見失うと、尾行は当たり前のように難しくなる。打開策を何とか探そうと、わたしは『彼女』を読み直しはじめた。『彼女』のなかに、涙子さんの行方を知るヒントがないかと考えたのだ。先月、伊豆高原で涙子さんを発見できたように、これから彼女が向かう先を探る手がかりがあるかもしれない。

だが、今回ばかりはそう都合よくはいかなかった。全ページ隈なく読んでも何も思いつかない。やめよう。考え方を変えなければ時間ばかりが過ぎてしまう。駅の前を行ったり来たりしながら考えた。

そのとき思い出したのは、今日の彼女の買い物の中身だった。彼女が今日買ったのは、果物ナイフ、ネックレス、黒いヴェール……。

このなかで、わたしの脳裏に最初に引っかかったのは果物ナイフだった。殺人や復讐という行為と容易に結びつけることができるからだ。しかし、今になってむしろ黒いヴェールが気になってきた。なぜ今頃喪に服する必要があるのだろう？　潔が死んだのは一年近くも前なのに。

そしてネックレス……あれも確か、十字の形をしたトップのついたネックレスではなかっただろうか？　ああいうものをロザリオといったはず。

「もしかして……彼女、クリスチャン？」

そう考えて、ハッとした。もしや夫の仇を打つ自身の罪を告白するためにヴェールとロザリオを？　そう言えば、『彼女』の中で〈涙子〉が、教会での挙式に憧れていると話す場面が出てくる。たしか〈御茶ノ水にある東京で最も有名な教会〉とあった。架空の教会だろうが、モデルはあるはずだ。

場所は御茶ノ水。すぐに携帯電話を取り出し、御茶ノ水の教会を調べる。すると、それらしき教会がヒットした。

イチかバチか。賭けてみるしかない。走りかけたそのとき、電話が鳴った。小池編集長だった。

「もしもし井上です」

「お前はいつから放し飼いの犬になったんだ？」

「すみません。今日だけです」

「よほど重要な用件らしいな。ところで、たった今、奴から連絡があったぞ」

「え……夢センセが？ そ、それでセンセはどこに？」

「知らん。こっちの質問にはまるで答えなかった。ただお前に伝言を頼まれた。『親愛なる月子嬢。大事なところだから邪魔をするな』」

「な……」

思わず周囲を見回す。自分の行動がバレている？

「いいか。作家は車で編集者は運転手だ。どんなポンコツだろうと、一度乗った車は廃車になるまでお前が責任をもて。お前には自分が偽編集者じゃないことを俺に証明する義務がある」

電話は切れた。廃車になるまで？ 冗談ではない。夢センセを廃車になどするものですか。それに、わたしは偽編集者ではない——はずだ。最後まで編集者としてやり抜いて見せる。

空には、群青色に黒いインクがどろりと混ざり、星々がくっきり浮かびはじめている。わたしは走り出した。邪魔するなと言われたところで、じっとしているわけにはいかない。車の命令に従う運転手などいないのだ。たとえ邪魔するなと言われようと、一度首を突っ込んだからにはどこまでもしつこく付きまとってやる。

満月の薄ら笑いから逃れ、ＪＲの改札へ向かう階段を下りる。

向かう先は御茶ノ水。ナイフを握り締めた女が、礼拝堂を血に染める前に、何とかしなければならない。

8

「久しぶりだね、涙子ちゃん」

埴井涙子は何も答えなかった。カテドラルの中は仄暗《ほのぐら》く、ひんやりしている。もう礼拝の時間は終わっている。一日中開放されているこの大聖堂は、三角錐のガラス天井から、外部のイルミネーションが柔らかく入ってくるため、夜でも自然な明るさを保っている。

涙子は中央通路に立ってイエス・キリストの像と向き合っていた。頭には今日買ったばかりの黒いヴェール。手にはロザリオ。祈りを捧げていたのだ。どんな罰も厭《いと》いません。最後まで私を見届けてください。

幼児洗礼は受けていたが、一人きりで教会に来たのは、今日が初めてだ。生まれて初めて不道徳な行為に及ぶときくらい、神に見守られていたい。

そして左の肩にかけたバッグの中には――ナイフが入っている。

だが、まだ機は熟していない。相手を引きつけてからでなければ。

「あなたでしょ？　潔を殺したのは」

コツ、コツ、と足音が響く。本木が、距離を縮めてくる。

「そうだよ。君が望んだことをしてあげたのさ」

「私の望んだこと？」

「あの晩、君はありきたりの幸せ以外のものを望んだ」

そうだろうか。あの晩、何かを期待していたのだろうか？

わからない。合っているとも間違っているとも言えた。密会という行為自体が、何らかの期待を含んでいると言われればそうなのかもしれないが、公園で腕を引っ張られたとき、自分は抱きすくめられまいと堪えた。

相手の力が弱かったから逃げられただけ？

淡い水彩画のような感情の行方など、遠景からでは見分けがつかない。

しかし、たとえ何かを期待する気持ちがあったにせよ、絶対に潔を裏切るような行動はしなかっただろう。それだけは絶対にしない。

「私が何を望んだと言うの？」

「愛の逃避行。高校時代からずっと望んでいただろう？」

また靴音が近づいてくる。

「私はそんなもの、望んでいないわ」

「いいや。君は激しく恋していたのさ」

「わかったようなこと言わないで！」

涙子は近寄ってくる影から逃れようと一歩後退した。

だが、本木はそれ以上の速さで間隔を狭めてくる。

「『あなたの隣なら、この町は、この国は、この世界は、どんな色に輝くのか、教えてください』」

「どうしてそれを……」

ラブレターの一文。その言葉を知っているのは、潔だけのはず。

「本木君、なぜあなたがそれを知っているの？」

ふふっと本木は笑った。

「なぜ……潔の下駄箱にラブレターを移したのは僕だからさ」

「何ですって……？」

真実はいつも想像だにしない物陰から顔を出す。そうだったのか。

考えてもみれば、ずっと好きだった相手の下駄箱を間違えるわけがない。

「どうして、そんなことを？」

「まさか潔が君の字を記憶しているとは思わなかったんだ。誰でもよかった。ラブレターが無駄になればいいと思ってね。あんな恋、ダメになればいいと思った」

「何て男なの……異常よ……あなたは異常だわ！」

高校時代から彼の視線を感じるたびに、濡れた鼠の毛に触れるような総毛立つ感覚を抱いてきた。その悪寒の正体が、今はっきりと見えた。

「君の人生を近くで見守ってきたよ。大学も、卒業後の職場も、家も、ぜんぶ君の家の近くにした」

涙子は後ずさった。だが、背後には説教台があり、これ以上は下がれなかった。

「これ以上来ないで」

「無理な相談だな。なぜなら僕は君を殺すためにここにいる」

「本木君、それ以上近づかないで！　警察を呼ぶわよ！」

本木はおかしそうに笑った。

「君にそんな暇を与えるわけないだろう？　それより、最期に自分の不誠実さを神様に懺《ざん》悔《げ》でもしたらどう？　大好きな教会でね」

礼拝堂に、本木の不気味な笑い声が轟いた。

9

「本木君、それ以上近づかないで！　警察を呼ぶわよ！」

その涙子さんの声を、わたしは礼拝堂の扉の外側から聞いていた。到着したのは三分前のこと。教会の門扉には錠はかかっておらず、自由に入ることができた。周囲はすでに照明が落ちているが、夜の星々が礼拝堂のステンドグラスを照らすおかげで、迷わずにここまで来られた。

男の声は、響いているせいもあってよく聞き取れないが、涙子さんの声ははっきりと聞きとれる。

夢センセと涙子さんはこの中にいるようだ。

それも、夢センセが涙子さんを殺そうとしている。

わたしは扉を開けようとした。が、扉はびくともしなかった。どうやら内側から鍵がかけられているらしい。

どうしたらいいの？

思いもよらない事態だった。涙子さんが夢センセを殺そうとするのを止めるということまでしか考えていなかったのだ。逆を疑う心がなかった。心のどこかで夢センセを信じる気持ちがあったからだ。

しかし——何が人の気持ちを動かすかはわからない。心は街灯のない夜の闇に似ている。ふとした小石につまずいて思いもよらないことも起こり得るのだ。

夢センセ……。

たとえ彼が一度は人を殺しているのだとしても、そしてニセモノなのだとしても、今日さらに過ちを重ねさせるわけにはいかない。

何としても止めなくては。

わたしは礼拝堂の回廊をぐるりと走った。ステンドグラスからは中の様子はわからないものの、明かりが灯っていないことはわかる。今日は教会関係者はいないのだろうか。一周しても、どこにも中に入れそうな場所は見つけられない。

諦めかけたそのとき、礼拝堂から離れた場所にある事務所のような建物が目に入った。恐らく聖職者しか入れない場所なのだろう。事務所の二階と礼拝堂の二階とが通路で結ばれている。何とか事務所のほうから侵入する術はないだろうか。

わたしは、事務所に向かって走り出した。

10

本木はさらに近づいてくる。

「君が、僕の選んだ人畜無害な男の貞淑な妻でいること。それが僕の望みさ。用意したレールから外れてほしくなかったのに、君は誘惑に負けてあの日家を抜け出した」

「あなたは……頭がおかしいわ」

「なぜ？」

「あの頃からわかっていたことよ。初めから私の人生を外側から無茶苦茶にすることで欲望を満たしていたのよね？」

「とてもリアルなショウだったよ。でも、誰が仕掛けたのか、今になってマスコミが僕を嗅ぎ回ってる。だからもう殺さなくちゃならない」

「殺す？」

「そうだよ。とても残念だ」

本木はポケットから白い粉の入ったビニールの小包装を取り出した。青酸カリ。

「あなたが殺したのね？」

「そう。酔っぱらって帰ってくると、潔は風呂に入ったあと、必ず寝室の窓を少し開けるからね」

「でも、あの窓から中に入ることはできないはずよ？」

「手が入ればじゅうぶんなんだよ」

手が入っただけで、犯罪が行える？

ああ……カップが窓際のナイトテーブルにあったからか。しかし――。

「君が家を出たあとすぐにインターホンを一度鳴らし、潔をいったん玄関まで行かせる。その間に窓から手を伸ばしてカップに毒を注いでおく。少量ならさっと溶けて見えなくなるんだ」

外を確かめたあと、潔は再度玄関のドアに鍵をかけ、部屋に戻ってさらに鍵をかけ、毒を口にする。だが、コーンポタージュから毒が検出されなかったのはどういうわけだろう？

「死亡推定時刻は十一時から十二時の間。その間、君は外出していたわけだが、夫のある身でよその男と逢っていたなんて、警察にも言えないだろう。そうなれば君はあの時間家にいたと証言することになり、当然容疑は君にかかるかと思ったんだけどね。警察って案外間抜けなんだな」

何を言っているのだろう？　カップから毒が検出されないような方法では、涙子に容疑がかかる確率は低いのに。だが、本木は涙子が問いただすより先にこう宣言した。

「おしゃべりはもうおしまいにしよう。涙子ちゃん。長年にわたって、素敵なショウをありがとう。ずっと愛してた」

「あなたは愚か者だわ」

「嬉しいね。もっと君の声、聴かせてくれないか？」

本木はもう一方のポケットからロープを取り出した。

11

「お願いします、二階から礼拝堂へ入らせてください！」

事務所から現れたのは齢《よわい》八十は近いかという老神父だった。彼は老眼鏡を取り出し、わたしの顔をしげしげと見てから、のっそりとしゃべった。

「はいはいはい、ですからね、礼拝堂は、夜の十二時までどなたでも入れますから……」

「開いてないんですよ！」わたしは苛立ちを抑えきれずに大声でそう言った。

しかし、老神父はしたり顔で頷いて見せる。

「開いてますよ。神はどなたに対しても扉を開けてくださる」

そうして——彼は扉を閉めてしまった。

「ちょっと……！　お願いです！　開けてください！」

わたしは大声を出したが、もう扉はぴくとも開かなかった。

どうしよう？

こうなれば、壁を伝って二階に上がるしかないか……。

そう思ったとき——。

「きゃあああああああああああああ！」

礼拝堂から、叫び声が轟いた。

遅かった。

間に合わなかったのだ。

わたしは、もう一度礼拝堂のほうへと向かって走り出した。

12

本木は、取り出したロープをピンッと両手で伸ばした。ここで絞殺しようというのだろう。

「きゃあああああああああああああああ！」

涙子は叫び声を上げた。

その一方で——彼女の腕は冷静さを失ってはいなかった。

あなたの思いどおりにはいかないわ。

涙子はバッグの中をまさぐり、果物ナイフを握った。

しかし——ナイフは本木によって蹴り上げられた。

くるくると回転しながら、ナイフは涙子の隣にある礼拝席の長椅子に突き刺さった。

「だから無駄だってば」

本木がそう言って涙子の肩に手をかけた。

もうダメだ。このままここで、殺されるのだ。

涙子は思わず、目を瞑《つむ》った。

しかし——。

そのとき、本木の背後から、もう一つ別の影が現れた。

「本木晃、そこまでだ」

　本木は振り向き、その影の正体に目を凝らす。

「お前、いつから……」

　その声を、聴き忘れるわけがなかった。

「ずーっといたよ、この隅にね。涙子、じっとしてろよ」

「うん……」

　この声に何かを言われると、どうしていつも素直に返事をしてしまうのだろう？

「クソ野郎！　お前かよ！」と本木が叫んだ。その声は、心なしか怯えているように響いた。

「お前が潔を殺したんだな？」と影は尋ねる。

「お、お前がマスコミに僕を追わせるように仕向けたんだな？」本木は正気を失って上ずった声で叫んだ。影は笑った。

「当ったりー。正解者には、もれなく刑務所暮らしプレゼント……なんてね。観念しろよ、本木。そのロープを寄越しな」

　本木は自制心を失っていた。咄嗟に涙子を楯にとろうと腕を伸ばしたが、そこに待っていたのは涙子が椅子から抜き取った果物ナイフだった。

「あうっ」

本木は指先を切りつけられて蹲《うずくま》った。

その瞬間――影が走り出し、高らかに飛び上がる。一秒後には本木の上に馬乗りになり、ロープを奪い取って素早く手を後ろで組ませて縛り、両足も固定した。

パトカーのサイレンが鳴りはじめたのは、完全に本木が囚われの身となってからのことだった。

「俺、もう行くわ。取り調べとか面倒だから」と影の主は言った。

「待って！　また逃げるの？」

思わず涙子はそう問いかけた。彼は足を止めた。

「……あの冬の晩、俺が君を呼び出しさえしなければ……」

その声に、彼がこの一年近く、背負い続けてきた苦悩が垣間見えた。それは涙子が背負ってきた苦悩でもあった。最後に会ったのは潔の葬式のとき。そこで彼にだけは死因について話した。その後、彼は無言で潔の棺に手を合わせると、涙子に黙礼をし、そっとその場から消えてしまった。以来、二人は別々の道を歩いてきた。同じ苦悩を背負いながら。

「もう過ぎたことだわ」

「かもしれない。でも、俺はやっぱり君を幸せにはできないよ。野獣は美女とは結婚しちゃいけないんだ。人間に戻らない限りね」

「……」

わかっていたことだ。二人の運命は絶対に交わることはない。互いの想いが、どんなに深く通じ合っていても、一度かけ違ったボタンが合わさることはないのだから。みんなは潔と涙子を〈美女と野獣カップル〉と呼ぶ。でも違う。本当の〈野獣〉はここにいる。

「でも書いているあいだ、俺はずっと君といたんだ。それでじゅうぶんさ」

「書いている、あいだ……？」

「じゃあな」

謎の言葉を残して、心優しい野獣が告解部屋の隙間へとすり抜けて走り去っていくのを、涙子はただ茫然と見送った。頬を、温かい涙が伝った。

去り際、一度だけ足を止めると、彼は本木に向かって言った。

「今後の参考に教えておいてやる。毒をコーンポタージュになんか入れちゃダメだ」

どういう意味だろう？　本木も意味がわからなかったようだ。が、その真意を問いただす時間はなかった。ほどなく、扉が外側から解錠され、どっと警官たちが走ってきたのだ。すでに彼の姿は消えていた。

「くっそ！　くっそぉおおお！」

芋虫のようにのたうち回りながら、本木は無様に逃げ惑っている。

涙子は警官たちに見られないように、そっと本木の脛《すね》をスニーカーの踵《かかと》で踏んづけた。

高い天井を伝って、悲鳴が轟いた。

13

結局、わたしは礼拝堂に入ることはできなかった。

礼拝堂の壁の煉瓦に足をかけてよじ登ろうとしては何度も失敗し、一度などは尻もちまでついてしまった。

動きの滑稽さとは相反してわたし自身は至って大真面目に、必死の形相で行《おこ》なっていた。何しろ中にいる人間の生死が関わっている。一刻も早く——と何度目かのリトライの折も折、パトカーのサイレンが鳴り響いた。

それからあとは本当に一瞬の出来事だった。

敷地内に思いがけない数の警官たちが押し寄せてきて、壁によじ登る私を一人の警官が後ろから止め、取り調べを受ける羽目になった。

「あの、怪しいものじゃないんです……」

「『怪しいものじゃない』って、だって今壁に登ろうとしてたでしょ?」

「これには深いわけがありまして……」

礼拝堂の入口に集まるパトカーのほうへと移動しながら説明をし、どうにか誤解が解けてホッとしていると、今度は礼拝堂から男の叫び声が轟いた。

ほどなく中から警官に押さえられて男が出てくる。

見たことのない顔だ。目がやたらぎょろぎょろと大きく突き出し、落ち着きなく視線を彷徨《さまよ》わせている。両サイドにいる警官が男をパトカーまで引っ張って行き、暴れるのを無理やり車の中へと押し込んだ。

少し遅れて、涙子さんが現れた。

「涙子さん！」

「……井上さん」

何が起こったのだろう？　この騒ぎはいったい――。涙子さんは警官の群れから離れたところへとわたしを誘《いざな》った。

「今の男は誰ですか？」

「誰……夢宮宇多じゃないんですか？　本名、本木晃」

頭が真っ白になった。どういうこと？

今の男が本木晃？　だとしたら、わたしがずっと原稿をせっついてきた男はいったい誰なのだろう？

「井上さん？」涙子さんはわたしの顔を覗き込む。

「……違います。わたしの知っている夢センセではありません」

「そんな……」

ああそうか。

わたしはすべてを理解した。

本木晃は、夢センセではなく、埴井潔を殺した犯人だったのだ。

そして、夢センセは彼の犯行だと気づいて、自身の小説の主人公の名前を〈本木晃〉にした。その裏には、真実を明るみにして友人を弔おうという気持ちがあったのに違いない。

わたしはふと、以前にパーティー会場でパーフェクト出版の紺野氏に言われたことを思い出した。

――あれ、知らないんですね。これ言っていいのかな。彼ね、うちが携帯小説を配信したときに縦溝誤史《たてみぞあやし》とかいくつかペンネームで執筆していたんですよ。あと本名でもね。いずれもごりごりの本格推理小説で全然売れませんでしたけど。

あの段階でも、今日再び連絡をとったときも、夢センセの本名を本木晃だと思っていたから疑問に思いもしなかったが、おそらく紺野氏は夢センセの本名を知っていたのだろう。ただこちらが聞こうと思わなかっただけなのだ。

本木晃の過去についてちゃんと調べれば、夢センセと別人だということがもっと早くにわかったのに、夢センセが『彼女』の作者である証明を焦るあまり肝心の足元を見落としていたのだ。そして、涙子さんもまたインターネットに疎かったがために、夢センセの顔を知らないまま、〈夢宮宇多＝本木晃〉情報を鵜呑みにしてしまっていたのだ。

「教えてください。『彼女』の中に出てくる〈本木晃〉のように、涙子さんが秘かに思いを寄せている人はいませんか？」

涙子さんは黙っていた。黙っているのが、答えのようでもあった。

「質問を変えます。潔さんのいちばんの親友は誰ですか？」

彼女は長い沈黙のあとに、その名を口にした。

もちろん、それはわたしの知らない名前だったけれど、聞いた瞬間に、夢センセの名前だと確信できた。それほど、その名前は夢センセにぴったりだったのだ。

「わからないのは殺害方法です」涙子さんは話を逸らすかのように言った。「本木君はカップに毒を入れたと言っていましたが、カップから毒は検出されていません。じつはさっき彼が現れて、そのことで気になることを言っていまして」

「彼とは？」

彼女は夢センセの本名を口にした。

「いたんですか？　彼が、ここに？」

わたしは、夢センセの伝言を思い出した。

——親愛なる月子嬢。大事なところだから邪魔をするな。

「彼、『毒をコーンポタージュになんか入れちゃダメだ』って」

それは本木晃がコーンポタージュに毒を入れたことを仄めかしているのだろう。夢センセがもしそう言ったのなら、確証があるはずだ。

落ち着け。ゆっくり考えよう。

カップの残りに毒が検出されていないのに、コーンポタージュに毒を入れる方法がある？

あるとしたら、それはどんな方法だろう？

「本木君は、滑り出し窓から腕をぐらせて毒を入れたと言っていたんですが……」

直接部屋には入っていないようだ。となると――。

「カップに手は届くと思います。さらにスプーンで混ぜるとなると、至難の業だと思います」

「無理だと思いますか？」

何かが引っかかった。

夜空を見る。

薄ぼんやりと雲の衣を纏《まと》っていた満月がくっきりと姿を現す。

同時に、閃いた。

「……それですよ、涙子さん」

胸が高鳴る。こんなふうに謎を解くのは初めてのことだ。

いつもなら、これは夢センセの十八番。ミステリマニアのあの男の。

「潔さんはコーンポタージュが好きだったんですよね？」

「はい、そうですけど……」

「特に好きな部分とかおありじゃなかったですか？」

「それは――上に張る膜をスプーンで集めて最初に食べるのが楽しみだって……あっ」

両手で口を押さえる涙子さんが可愛かった。

「そういうことです。青酸カリは表面の膜の上にだけかかっていた。青酸カリの致死量は微量だと聞いたことがありますし、膜の上に載った状態でも白い顆粒はすぐに溶けて見えなくなることでしょう。ただし、毒は膜より下にはいきません。そして、潔さんはスプーンでその膜を下から掬って青酸カリを膜で包むようにして食べた。青酸カリがカップから検出されなかったのはそのためです」

涙子さんは目を瞑り、昨年の冬に夫の身に起こった出来事に改めて胸を痛めているようだった。

「そのことは本木の計算外だったんだと思います。彼はただコーンポタージュに混ぜた気でいました。涙子さんに容疑を被せるために。ところが膜の上で溶けただけだった。だから警察は単純に自殺と判断することになったんです」

「膜だったんですね……」

ゆっくりと目を開いた涙子さんは、心を落ち着け、真実を静かに受け止めているようだった。

「もう一度尋ねさせてください。その潔さんの親友のことが好きですか？」

この人が夢センセの運命の人なら、何も言うことはない。ただ二人に幸せになってもらいたい。本心からそう思った。作家の幸せを願うのが編集者なのだから。

「あの日、私は彼から電話で呼び出されて、近所の公園に向かいました。嫌いだったら、行ってないでしょうね」

彼女は明言を避けたが、その目を見れば、言葉の表皮だけを眺めていたのでは到達できない奥行きがあることは明らかだった。

やはり、涙子さんは夢センセに恋をしている。

『彼女』は、最後の殺人に至る部分以外は、名前を変えればほぼ実話だったのだろう。

「今思えば、彼が私を呼び出すときの電話もすべて本木君に盗聴されていたのでしょう。本木君は、歪んだ支配欲の塊だったんです。自分のものにならないのなら、一生偽りの人生を送らせてやる。そんなふうに考えて、私が好きではない男性と結婚して、きちんと本木君が用意したつまらない人生を歩いているかずっと監視していたのでしょう。だから、私が電話の呼び出しで彼に逢いに出かけたのが気に入らなかったんです」

「何て歪んだ男……」虫唾《むしず》が走るとはこのことだ。

「思春期の一時期なら、そんなふうに考える人もいるのかもしれません。でも哀れなことに、彼は大人になってもそんな欲求に衝き動かされてしまったみたいですね」

穏やかに微笑む涙子さんの表情は不思議な慈愛に満ちていた。

自分だったら、そんな気味の悪い男に対して〈哀れな〉なんて寛容な表現はできない。

そこに、涙子さんの落ち着きと成熟を感じる。

これが――夢センセの恋した人。

ただ一人の運命の人なんだな……。

敵わない。いや、張り合おうなんて思っていないけれど。

「でも、私はキヨを……潔を愛していたし、それは恋のように燃える感情でないにしても真実なんです。だから、今後もあの人と一緒になることはないと思います」

本当だろうか？　本当に、涙子さんは夢センセとの恋の成就を望んでいないのだろうか？　わからない。両想いの相手がいて、今はもう自由の身なのに、それでも一歩を踏み出さない関係って何なのだろう？　二人の恋は本物じゃないの？

まだわたしが若すぎるのか……。

そもそも〈本物〉って何だろう？

わたしは〈本物〉の編集者だと言えるのだろうか。とても胸を張っては言えない。けれど、肩書きが与えられた以上、そこから逃げるわけにはいかないではないか。

そうか。

〈本物〉って――そう言いきる覚悟のことなのかもしれない。

「井上さん、夢宮宇多をよろしくお願いします。新刊、楽しみにしていますって伝えてください」

「え……」

気づいたのだ、涙子さんは。

夢宮宇多が潔の親友であり、自分の心の奥底に眠る運命の人であることを。

毒死であることも、夢センセなら葬式などで涙子さんから聞いて知っていたはずだし、そう考えれば彼が『彼女』の作者にふさわしい人間だとわかる。

「――伝えます」

それから、涙子さんは取り調べのために呼ばれ、警官たちの元へと戻って行った。

わたしは一人、門の外に出て歩きはじめた。

さて――と。これで、『彼女』が潔の殺害後に書かれたものであることは明らかになった。

いざ日出出版へ反撃――と思っていたら、電話が鳴った。

「もしもし？」

「日出出版の鈴村です」

どうやら編集長に携帯電話番号を聞いたようだ。声がこれまでとはうってかわって自信がなさそうだ。どうしたのだろう？

「あの件なんですが――忘れていただけますか？」

「……はい？」

一瞬、何を言われているのかわからなかった。

「じつは――さきほど夢宮先生からご連絡をいただきまして」

「ゆ……夢宮先生からですか？」

「それで、埴井潔名義で弊社に持ち込まれていた原稿がすべて夢宮先生の作品であることが判明しまして……」

「え！」

初耳である。

「ど、どういうことですか？」

「私が電話で何度かお話しして埴井潔だと思っていた人物が、夢宮宇多先生だったのです。どうも、恋愛小説のほうは初めから副業になったらいいなくらいの気持ちだったそうで。だからご友人の名前を使って弊社に原稿を持ち込んでいたらしくて」

彼女は念を入れて所持している門外不出の短編の内容について二、三尋ねたが、夢センセは的確にその中身を答えたようだ。

彼女もまた足元を見ていなかった。

今頃マスコミが行なっているであろう本木晃の身辺調査は、最初の記事が出る前にやるべきことだったのだ。

「本当に、こちらの勘違いで申し訳ありません」

いえいえこちらこそ、とへどもどしながらどうにか電話を切った。

夢センセの嘘つき。自分はニセモノだなんて言っておいて、しっかり恋愛小説家を副業にする気だったのではないか。

そして何より――。

「何て人騒がせな……」

いや待て。本当にそうだろうか？

夢センセは初めから本木晃を逮捕させるために、鈴村女史に埴井潔名義で原稿を送っていたのではないだろうか？　恋愛小説が専門の鈴村女史なら、いずれ必ず受賞作の『彼女』本編も目にする。そうなったら、自分の手元にある原稿との類似性から埴井潔＝夢宮宇多＝本木晃説を導き出すのにさほど時間はかかるまい。

夜空からはいつの間にか雲が姿を消し、星々が都市のネオンと共に瞬いていた。

夢センセ。まだこの近くにいるんでしょうか？

この空を、近くで見ているのですか？

夢センセは帰ってくるだろうか。ニセモノではなかったとしても、わたしが一度彼を疑ったのは確か。担当編集者失格だ。

文は人なり。一文一文は作家の血であり骨。この数か月、夢センセと共に行動し、その人となりを知っていたはずなのに――。

帰り道は街のイルミネーションが輝いて見えた。喪失感はときに景色を眩《まばゆ》くさせる。初めての感情に戸惑っている自分がいる。でも、今この瞬間の胸がじりじりと焦がれる感じに、どんな名前が適当なのか、まだ決められそうになかった。

どこを見ても夢センセのことを考えてしまう。まるで夢センセが闇に溶けてでもいるようだ。今、初めてわたしは夢センセの存在を肌で感じている。そう思うと、ドキドキした。読んだ瞬間に、全身を捉えるあの文体は、彼の中に広がる宇宙であり、わたしが包まれたい世界でもあった。

今は、祈ることしかできない。

もう一度。もう一度、夢センセと本が作れますように。
どんな明日になるのかわからなくても信じることはできる。
これまでの自分と夢センセの関係があれば。

エピローグ

二週間が過ぎた。

あの日以来、夢《ゆめ》センセからの連絡はない。

本木晃《もときあきら》逮捕と相俟《あいま》って、『彼女《かのじょ》』はスキャンダラスな匂いを内包したものとして、再び売り上げを伸ばしはじめた。が、著者本人が不在とあっては重版許可をとることもできず、営業部の面々は苛立っている。

だが、そういう売れ方は好ましいものではない。売れれば何でもいい世界ではない。次回作が出るときに、初めから色眼鏡で見られるのはよろしくない。だから重版の話はわたしが保留にしていた。

そんなある日、一本の電話がかかってきた。

「おーい、井上《いのうえ》」編集長が呼んだ。いつもの、何でもない用件を伝えるときの口調で。

「奴……あ、いや、夢宮《ゆめみや》センセイからだ」

「……っ、つないでください！」

大慌てで電話に出る。言いたいことなら山ほどあるのだ。

「もしもし？　いったいどこで何を……！」

「あのね、次回作だけどさ」

夢センセは、前置きも何もなく単刀直入に勝手に舵を切る。

「はい……」

「次回作には〈本木晃〉は出ない。まず世間に誤解をきちんと解いておいてほしいんだけど、デビュー作でも〈埴井涙子《はにいるいこ》〉が好きだった男は〈本木晃〉じゃないんだぜ」

「え……？　どういうことですか？」

小説のなかではあくまで〈埴井涙子〉と〈本木晃〉の恋愛ものとして話は進んでいるではないか。ほかに読み解きようなど……。

「よく読めよ。たとえば、そうだな。二二五ページ」

「僕が殺したんだ。誰にもバレないうまい方法を用いて。仕方なかったんだよ、二人の愛のためには」

「これは本木晃の台詞《せりふ》だ」と夢センセは言った。

「それくらいわかりますよ」

「いや、わかってないね。次のところ読んで」

どうかしてるわ、と震える声でわたしは言った。闇の中でその声は小動物の鳴き声のように心細く響いた。

「たしかに、どうかしてる。俺の責任だ。こうなることは高校時代からわかってたのに、何も手を打たなかったんだから」と彼は耳元で囁いた。

「この会話文、主語が〈俺〉に変わっただろ？　ほかの箇所も全部そうなんだけど、〈本木晃〉の部分はぜんぶ〈僕〉が使ってある。対して、涙子の本命男の箇所は〈俺〉になってるんだ。そして、〈涙子〉も〈本木晃〉と〈彼〉を使い分けている。要するに、この場面、二人きりじゃなくて三人いる場面なんだよ」

「……な、何ですって」

わたしは改めて読み返した。そして、愕然とした。たとえば、潔が殺されたあと、教会の礼拝堂で本木に殺害を告白された直後の場面。

遅かった。わたしは、巻き戻しの利かない今になって、自分の過ちに気づいた。昨晩の会話のなかに潜んでいた、今日の悪夢の萌芽を見逃したのだ。

――誰かの妻だから僕と付き合えないと言うなら、君を檻から解放すればいい。そうだろ？

――やめて……そんな恐ろしいこと言わないで！

自分の叫び声が鼓膜を震わせた。

――冗談だよ。

いや、本木君は氷結しかけた空気を溶かすように笑った。けれど、目が笑っていないことに、そのとき気づいていたはずだったのだ。

「すまない、止められなくて」

彼はそう言って俯いた。

その言葉は、わたし自身にも跳ね返ってきた。

なぜ――なぜもっと必死で止めなかったのだろう？

ずっとわたしはあの文章の中にある「止められなくて」というのを、潔を殺してしまう自分を止められなかったという意味に考えていた。だが、今読んでみると、それは〈本木〉ではなく〈彼〉の発している言葉だ。つまり――〈彼〉が〈本木〉を止められなかったことを謝っていることになる。

さらに直後の箇所でもわたしの手が止まった。

わたしは首を振った。

「いいえ、悪いのはわたしよ。あなたのことを好きになってしまったわたしが悪いの」

「君は悪くない。出逢ったあの日に君に告白しなかった俺の問題さ」

本木君が、わたしのそばへと一歩踏み出した。

わたしは身構えた。

「もう何もかも終わりにしましょう。たとえわたしが誰を愛しているのであれ」

「無理だよ、もう止まれないんだ」と本木君は言った。

わたしは首を激しく振った。

「もう終わりよ」

彼がまた耳元で囁いた。

「俺に任せるんだ。俺が幕を引く」

彼は頬にそっとキスをすると、わたしのもとから離れた。

次の瞬間、何かが本木君の身に起こった。

身体をくの字に曲げて苦しげなポーズをとりながら倒れた。

彼は言った。

「行けよ。恋の火が心の中に灯っているうちに。こんな殺人鬼なんか放っておけ」

何ということだ。これは、先日礼拝堂で起こったことの先取り内容になっているではないか！

「どうして名前のない登場人物なんか……」

そこまで言いかけてハッとした。名前を出せるわけがない。その人物は夢センセ自身なのだから。だが、夢センセはこう言った。

「〈野獣〉は人間じゃないんだから名前なんか必要ないのさ。俺は『美女と野獣』のラスト否定派だからね」

野獣に名前が必要なのは、美女ではなく、読者。

『彼女』を書くとき、夢センセははっきりとした読者など想像しなかったのだろう。

だから——野獣の名を知っているのは、わたしと涙子さんだけ。

「まあそういうわけだから、この小説が恋愛小説仕立ての叙述トリックミステリであることを世間の皆さんにきちんとご説明申し上げておいてくれる？」

「わ……わたしがですか？」

「週刊誌で見たよ。重版かけたいのに、俺がいないからできないんだろ？　だったらその説明をきちんとしてくれたら、俺のほうはＯＫだよ。だって金になるし」

「そりゃそうですけど……」

「重版もいいけど、そろそろ受賞作の出版契約書送ってよ。もう三か月経つよ？」

わが社は出版契約も印税の支払いも出版の三か月後だ。この決まりのせいで夢センセの応募時の本名が偽名だということに気づけなかったのだ。

「すみません、今手続きやってるところですけど、結局夢センセのご本名は……ですよね？」

わたしは夢センセの本名を確認した。

「うん、それでいいよ。契約書の送り先はあとでメールする。次回作もすごい仕掛け思いついてるからさ。楽しみにしといてよ」

「い、要りません、そんな仕掛けなんて！　夢センセは恋愛小説家なんですから！」

「確かに今の俺の立ち位置は微妙だよな。ミステリ作家とは認められていない。でも、スキャンダラスな部分を排除したければ、この叙述トリックを説明しないわけにはいかない。かと言って説明してしまったら、純粋な恋愛小説家でもなくなる」

「……そうですよ」

そのとおりだ。ジャンル分けは、本を売る意味で重要だ。人はわかりやすいものを求める。分類不能の面白本も存在はするが、そうした本を売るのは意外と難易度が高い。さてどうしたものか。

「だからさ、俺は〈偽恋愛小説〉っていう新ジャンルを書く、〈偽恋愛小説家〉ってことでいいんじゃないかと思うんだよ」

「偽――恋愛小説家、ですか……」

「そうそう。ニセモノ疑惑も出たことだし、そういう看板があったら、世間も受け入れやすいでしょ？」

なるほど。

ミステリ作家か恋愛小説家か。

両方ですと説明するより、〈偽恋愛小説家〉と銘打ってしまったほうが斬新かもしれない。

「それで、次回作はどれくらい進んでるんですか？」

気を取り直して、編集者然として尋ねる。ところが、

「それじゃあまた」

そうはいくものか。

「ちょっと! 書いてるんですか?」

「絶賛執筆中。三枚程度」

「三枚って……」

あと一か月で書き上げられるのだろうか?

「あ、そうだ。もう一つ、許可をもらいたいんだけど」

「……何でしょう?」

「君、登場人物に出していい?」

「え……」

「〈涙子〉のライバル役なんだけど」

なぜ——顔が赤くなる。しょせんフィクション。編集者たるもの、作家がベストを尽くせるように協力しなくてはならない。

「それが必要なら」

「必要なんだ。すごくね。あとで梗概《こうがい》も送る」

「わ、わかりました」

「あ、それから——ありがとな、いろいろ」

「……いえ、あの、はい」

「いい編集者だよ、君は。これからもヨロシク」

それじゃあ、と言って電話は切れた。

狐につままれたような気分で受話器を置く。

まだしばらくぶりに聞く夢センセの声が耳から離れない。

——ありがとな、いろいろ。

その一言が、なぜこんなにも心を温かくするのだろう。

わたしは自分の単純さと、上気する頰を呪った。

だが、ぼんやりもしていられない。わたしはぐーんと伸びをして、気持ちを切り替えると、夢センセから頼まれたことを実行するべく編集長に手を挙げた。

編集長は、また厄介ごとが起こる予感に、胃の痛そうな顔で答えた。


それから数日は息つく暇もないほどの忙しさに見舞われた。

重版許可が下りたからには、速やかに動き出さなければならない。すぐに週刊誌の記者に連絡をとり、『彼女』について重要なことをお伝えしたいと話した。

翌週にはその内容が記事となり、晴雲出版《せいうんしゅっぱん》のホームページのトップでも夢センセの作品に隠されたトリックが掲載された。

後日、新聞では、『彼女』とそれに対する公式ネタバレ事件をめぐって書評家が意見をかわしていた。ある書評家は最初から叙述トリックには気づいていたと述べ、「あんな大々的にネタバレさせることはないのに」とも付け加えたのに対し、べつの文芸評論家は

「そんな小手先芸で遊ばずに、恋愛小説の道を究めてもらいたい」と述べ、またあるミステリ評論家は「恋愛小説の世界からミステリに新たな刺客が放たれた！」と非難半分称賛半分の評論を載せた。

そんな世間を巻き込んでの騒動をよそに、わたしは夢センセからメールで受け取った新しい小説の梗概を読み込まねばならなかった。

タイトルは『月《つき》と涙《なみだ》』。

伊豆《いず》高原《こうげん》に身を引いた〈涙子〉は東京《とうきょう》にいる〈彼〉に密かに思いを寄せ続けている。一方、恋愛小説家となった〈彼〉は、いつまでも〈涙子〉への想いを引きずっていてはいけないと考え、彼女から離れようとしていた。〈彼〉は〈涙子〉との過去を記憶の奥にしまい込み、若き編集者〈月子〉との恋に移ろうとする。二人の関係にやきもきする〈涙子〉は、ついに上京を決意するのだが――。

梗概には途中までしか記されていない。〈彼〉が〈涙子〉と〈月子〉のどちらを選んだのか。結末は、まだ夢センセの頭の中にしかない。

前回が現実を踏まえていたのなら、今回も？　そんなふうに考えたくなるのは、エゴだろうか？　自意識過剰なのだろうか？

考えまい。出来上がるまでは。

私は妄想にそっと蓋をした。

どこを読んでも恋愛小説としか思われないその筋書きのなかに、また夢センセは仕掛けを施すつもりらしい。そのことで、恋愛小説サイドからも、ミステリサイドからも半端者として爪はじきにされる可能性もあるだろう。

「でも夢センセは気にしないんでしょうね、きっと」

なぜなら——彼はミステリ作家でも恋愛小説家でもない偽恋愛小説家なのだから。

晴雲出版編集部の、いつものデスクからは、秋の深まるからりとした晴れ空が見える。

今なお姿を見せぬ偽恋愛小説家も、同じ空が見える都内のホテルで原稿を進めていることだろう。

夢センセはニセモノではなかった。

わたしはどうだったのか？

それについてはあまり考えなくなった。前進あるのみ。本物だと言いきるしかない。都合よく夢センセの言葉を信じてみようと思う。

暇があると、わたしは『彼女』を読み返す。

そこに見え隠れする〈彼〉を探し出すのは、目下の楽しみになっている。

f i n

◈文庫特別書き下ろし◈

早すぎた原稿と幻想

夢《ゆめ》センセから思いがけず宅配便が届いたのは、最後の電話から数日が過ぎた夕暮れ時だった。原稿の到着にしては早い。不審に思いつつ宅配便の梱包を剝《は》ぐと、かなり分厚い封筒が現れた。

感触を確かめるに、中身はA４サイズの紙束に違いない。紙束となれば原稿と考えるのは編集者の職業病である。基本、原稿はデータで受け取ることが多いご時世だけにこれは妙だなとも思ったが、ともかく封を開けてみる。すると、たしかに表紙に『月《つき》と涙《なみだ》』と印字されてあり、下に夢宮宇多《ゆめみやうた》の署名がある。

「やればできるじゃないですか、夢センセ……」

ちょっぴり涙ぐんでしまうくらいには嬉しかった。作家が締め切りを守るという奇跡に遭遇したのだから。早速一頁目をめくってみることにした。ところが、めくってもめくっても、文字のない白紙のページばかり……。クローネンバーグ監督の奇妙なホラー映画の世界にでも入り込んだみたいだった。

「嘘でしょ……どういうこと？」

まるでわたしのパニックの瞬間をどこからか見ていたかのようなタイミングで編集部の電話が鳴った。もちろん、発信者は夢センセ。

「夢センセ、あの、じつは先ほど宅配便が届きまして……」

「あ、届いた？　良かった良かった」と上機嫌に夢センセ。

「それが、印字し忘れた原稿が入っていたようなんですが……」

「印字し忘れじゃないよ。白紙原稿を送ったのさ。一応、現状報告をと思ってね。三枚書いたけどやっぱり削除しちゃったから」

頭の中が目の前の紙以上に真っ白になる。そして遅れて怒り到来。

「そんな報告要りません！　完成してから送ってきてください！」

「『マッチ売《う》りの少女《しょうじょ》』は好きか？」

「な、何ですか藪《やぶ》から棒に。好きですよ」

街頭に立ってマッチを売る少女が、売れ残りのマッチを擦《す》っては幻想を見て、最後はおばあさんと一緒に天国に昇る――。あんなせつない物語はないと思うが、今の話の流れは明らかな脱線だ。何か新作に関係があることなのだろうか？

「あの話で大事なのは、火が幻想を見せるということ。アンデルセンは、ガス灯の明かりを絶やさない当時のブルジョワ市民に、『おまえらには真実なんか何もわかりゃしない』と言いたかったのさ」

　そんな話だったとは。ある少女の痛々しい悲劇とだけ思っていたが、夢センセの手にかかると童話はべつの顔を見せ始める。

「なるほど、そんな解釈が……ってこの話どこに繋がるんですか？」

「その白紙原稿は君のための〈マッチ〉さ。現実を直視していただくか、燃やして、いい幻想でも見ていただこうかな、と。『わあ素敵な原稿！　面白い！　あと一頁、もう一頁』ってな具合に」

「……現状はわかりましたが、締め切りは延ばしませんからね！」

　電話を一方的に切る。こんな悪ふざけのためにわざわざ白紙原稿を送るなんて。腹の虫が収まらず同期入社の校正部の子に愚痴を言うと、「井上《いのうえ》さんと話したかっただけじゃないの？」と予想外の言葉。

「そんなことは……ないわよ」

　彼女に上気した顔を覗《のぞ》き込まれまいと、わたしは例の白紙原稿を抱えて給湯室に逃げ込んだ。置きっ放しの百円ライターの火をつけ、ゴミ箱の上で白紙原稿の一枚目に近づける。本当に幻想が見えたりして。「なんてね」馬鹿馬鹿しくなってやめ、その一枚をまるめてゴミ箱に捨て、デスクに戻った。

　しかし妙な〈遊び〉に付き合わされたせいでなかなか仕事に集中できない。デスクトップをぼんやり眺めて士気の高まるのを待っていると、カップ麺にお湯を注いで戻ってきた編集長がわたしのデスクに一枚の紙を置いた。「大事なもんだろ？」と決めつけて。たった今給湯室のゴミ箱に丸めて捨てた白紙原稿の一枚だった。

が、よく見ると薄く茶色の文字が見える。〈I LOVE MOON〉。炙り出しか。月が――月《つき》子《こ》が好き……？　高鳴る鼓動に、いや落ち着こうと言い聞かせる。夢センセは言ったではないか。火がもたらすのは幻想。忘れよう。きっと悪ふざけの一部だわ。けれど、決定的なことが一つ。もう今日はどんな仕事も手につかないだろう。

「どうしてくれるんですか、夢センセ……」

白紙の原稿をぱらぱらと指でめくる。ほかの紙にも炙り出しが？　考えまい。わたしは白紙原稿をデスクの一番下の引き出しの奥にしまい込んだ。窓の外に目をやると、冬の気配が近づく夕空に三日月がみえる。

わたしは甘い溜息《ためいき》を無理やり飲み込んで、心のなかの夢センセに語りかけた。早く完成させてくださいね。そして教えてください。『月と涙』では〈月子〉と〈涙子《るいこ》〉、どちらが選ばれるのかを。

【参考文献】

『完訳ペロー童話集』シャルル・ペロー／新倉朗子訳／岩波文庫

『ペロー残酷童話集』シャルル・ペロー／澁澤龍彦訳／パサージュ叢書（メタローグ）

『ペロー童話のヒロインたち』片木智年／せりか書房

『アンデルセン童話全集　第一』ハンス・クリスチャン・アンデルセン／楠山正雄訳／新潮社

『完訳アンデルセン童話集1』ハンス・クリスチャン・アンデルセン／大畑末吉訳／岩波文庫

『アンデルセン自伝』ハンス・クリスチャン・アンデルセン／大畑末吉訳／岩波文庫

『美女と野獣』ボーモン夫人／鈴木豊訳／角川文庫

『野獣から美女へ　おとぎ話の文化史と語り手たち』マリーナ・ウォーナー／安達まみ訳／河出書房新社

『美女と野獣―テクストとイメージの変遷』ベッツィ・ハーン／田中京子訳／メルヒェン叢書（新曜社）

偽恋愛小説家《にせれんあいしょうせつか》　朝日文庫

2016年7月30日　第1刷発行

著　者　森《もり》　晶麿《あきまろ》

発行者　友澤和子
発行所　朝日新聞出版
〒104-8011　東京都中央区築地5-3-2
電話　03-5541-8832（編集）
03-5540-7793（販売）
印刷製本　大日本印刷株式会社

ISBN978-4-02-264820-4

朝日エアロ文庫

神《か》神《がみ》神《しん》は、罪に三度愛される

梨沙　イラスト／竹岡美穂

高校生の神神神と幼なじみの日和は、超常現象研究部の夏合宿で廃校となった中学校を訪れる。台風が直撃する中、合宿が強行されるが、先輩の変死体が発見され、嵐で孤立した校内で事件が続く。神たちをおびやかすその「罪」が語る、愛しくて残酷な真実とは――いびつな想いがつむぐ青春ミステリー。